나는 그 정도로
나쁜 사람은 아니다

정세진 단편 소설집

나는 그 정도로 나쁜 사람은 아니다

고즈넉
이엔티

나는 그 정도로 나쁜 사람은 아니다

1쇄 발행 2022년 8월 16일

지은이 정세진
펴낸이 배선아
편 집 박미애
디자인 엄인경
펴낸곳 고즈넉이엔티

출판등록 2017년 3월 13일 제2021-000008호
주소 서울특별시 중구 청계천로 40, 1203호
대표전화 02-6269-8166 **팩스** 02-6166-9199
이메일 gozknockent@gozknock.com
홈페이지 www.gozknock.com
블로그 blog.naver.com/gozknock
페이스북 www.facebook.com/gozknock
인스타그램 www.instagram.com/gozknock

ⓒ 정세진, 2022
ISBN 979-11-6316-375-6   03810

표지/내지이미지 Designed by Getty Images Bank, Freepik

차
례

1

나는 그 정도로
나쁜 사람은 아니다

늘 궁금했다. 거대한 장벽처럼 가려진 담벼락 너머엔 어떤 재미난 꿍꿍이가 웅크리고 있을까? 그곳엔 반드시 치명적이고도 흥미로운 얘깃거리가 숨겨져 있을 것만 같았고, 그럴 적마다 난 온갖 상상으로 금세 흥분 상태가 되곤 했다. 담이 높을수록 숨은 얘기의 짜릿함도 그에 비례할 거라 믿었다.

나는 아까부터 한참이나 우두커니 선 채 나를 자비 없이 압살할 것만 같은 위압적인 저택을 올려다보고 있다. 두 팔로 힘껏 밀어야 열리는 육중한 대문은 이미 반쯤 열려 있었다. 대개 이런 집들은 평상시엔 외부에 극도로 노출을 꺼리기 마련인데 이렇게 쉽사리 불청객이 들어설 수 있는 상태라면 십중팔구 분명 안에서 범상치 않은 일이 벌어지고 있다는 뜻이다.

"실례합니다."

난 개미 기어가는 작은 목소리로 적당히 예의를 갖추며 이 집의 방대한 이야기 속으로 들어섰다.

발을 내딛는 순간 집 안이 온통 위태한 기운으로 휩싸여 있다는 걸 알아챘다. 걸음을 옮기며 정원에 들어서자 눈앞에는 탁 트인 잔디밭이 넓게 펼쳐져 있었지만 건물은 기대한 것보단 평범하고 규모도 생각처럼 크진 않았다.

앞마당에 들어서자마자 가장 먼저 눈에 띈 건 야트막한 언덕 위로 우뚝 치솟은 오래된 버드나무였다. 마치 풀어헤친 머리칼처럼 푸른 이파리를 늘어트리고 바람에 흔들리고 있는 모습이 을씨년스러웠다. 그리고 하늘 위론 몰려든 먹구름이 바람에 밀려 빠르게 흘러가는 중이었다.

예상대로 집 안은 어수선했고, 사람들에게선 허둥대는 와중에도 침착하게 상황에 대처하려는 의지가 엿보였다. 언뜻 보기엔 순조롭게 문제를 해결하는 것 같아 보이지만 실상은 뭘 어떻게 해야 할지 몰라 발만 동동 구르고 있는 상태였다.

대충 들리기론 이 집의 아홉 살 먹은 여자아이가 집에 오는 통학버스를 타지 않아 지금의 이 소동이 벌어졌다. 아홉 살이면 늘 다니던 집을 찾지 못해 길을 헤매는 나이는 아니지만 요즘 세상이 우리 어릴 때와 많이 다르니 걱정이 되는 것은 당연했다. 아무튼 상황이 이렇다 보니 집 안 현관 앞까지 들어오는 동안 아무런 제지도 받지 않았다. 누가 현관에 들어오는지보다 말도 못 할 큰 문제에 직면해 있는 탓에 누구 하나 내게 관심을 갖지 않았다. 그 정도로 경황이 없었다.

동남아계 가사도우미는 애간장이 타고 있을 40대 집주인 여자를 안심시키느라 덩달아 쩔쩔매고 있었다. 때마침 아이 아빠로 보이는 남자가 상기된 얼굴을 하고 급하게 안으로 들어섰다. 근처 공원에서 허탕을 치고 돌아온 것이다. 어지간히도 조급했는지 맨발에 구두까지 구겨 신은 채 갈팡질팡 허둥대고 있었다.

"저기…… 안녕하십니까?"

내 목소리가 매가리가 없어서 그런가? 누구도 대꾸하는 이가 없었다. 나는 가볍게 헛기침을 하고 여자 옆으로 슬그머니 다가가서 은밀하지만 분명한 목소리로 말했다.

"제가 이 집 딸을 데리고 있습니다."

엄밀히 따지자면 데리고 있다는 표현은 부정확하다. 지금 내 옆에 나란히 있는 것은 아니므로 정확히는 '내가 아이를 어딘가에 잘 데려다 놓고 나 혼자만 이곳에 와 있다'고 하는 게 적절한 문장일 것이다.

부부는 미심쩍은 듯 바라보다가 이내 지푸라기라도 잡고 싶은 표정으로 달려들며 다급하게 물었다.

"우리 애 지금 어디에 있습니까?"

급작스레 얼굴을 들이미는 바람에 나는 화들짝 놀랐다. 얼

른 한 발 뒤로 물러서며 눈을 크게 뜬 채 눈알만 사방으로 이리
저리 굴렸다. 나의 그런 행동에서 무엇을 읽었는지 여자는 돌
연 불길한 표정을 짓더니 잔뜩 굳어버렸다. 여자는 경계하듯
몸을 곧추세우고 깊이 호흡을 한 번 들이마시더니 가사도우미
를 밖으로 내보냈다. 그리고 나를 그들의 집 안으로 초대했다.

역시 돈 많은 사람들은 눈치가 빠르고 말귀를 잘 알아먹었
다. 구구절절 설명이 필요가 없으니 편했다.

나는 드넓은 정원을 통과해 그들의 은밀한 공간까지 들어서
며 마치 숨겨둔 내막에 더 가까이 다가선 것 같아 흥분이 일었
다. 마침내 거실이 한눈에 들어왔다.

상상했던 것과는 다소 차이가 있었지만 단순하면서도 고급
스럽고 세련된 인테리어가 인상적인 실내였다.

가장 먼저 시트러스 향과 이 집 특유의 체취가 섞인 묘한 냄
새가 코끝으로 달려들었다. 집주인은 느끼지 못하지만 낯선 집
에 들어설 때면 그 집 고유의 색다른 냄새가 난다.

여자가 손수 500㎖ 페트에 담긴 생수병을 내어주었다. 가까
이 정수기도 있고 물 잔도 보이는데 굳이 생수병을 꺼내와 내
어준 이유는 뻔했다. 가족들이 먹는 정수 물을 낯선 자와 공유
하고 싶지 않은 것이다. 그런 식으로 생각하니 왠지 섭섭함을
느꼈다. 하지만 나는 그런 것에 시간 끌 필요 없이 단도직입적

으로 요구사항을 전달했다. 이런 일에는 또박또박 원하는 걸 명확히 말해야 무시당하지 않는다고 배웠다.

"1억만 주세요. 그럼 아이는 무사히 가정으로 돌려 보내드리겠습니다."

나는 이런 일에 능숙해 보이는 자세를 하고 준비해둔 문장을 단번에 읊었다. 반복 연습한 티가 좀 난다는 게 아쉬웠지만 그래도 만족스러운 편이었다. 다만 내성적인 성격 탓에 요구 조건을 말하는 동안 저들과 눈을 마주하지 못하고 시선을 바닥에 두었다는 건 마음에 걸렸다. 반면에 저들은 내 눈을 피하지 않았다. 저들에겐 낯선 인간에 대한 두려움 따위는 없어 보였다. 그저 잃는 것에 대한 막연한 공포만 존재하는 것 같았다.

사실 이만한 집에서 1억 정도는 큰돈이 아니다. 주차된 안주인의 차만 해도 1억이 넘으니 그 정도는 부담이라고 생각지도 않는다. 나도 염치가 있는 인간이다. 지나치게 터무니없는 것을 요구하는 행위에 가책을 느낀다. 하지만 1억 정도라면 나의 노동과 위험도를 적용했을 때 합리적이고 적정한 금액이라고 생각한다.

나는 이런 일을 한두 번 해본 게 아닌 전문가인 척 한껏 꾸며서 상황을 상세히 설명했지만 태생부터 말주변이 없던 탓인지 부부는 내 말을 쉽게 믿으려 하지 않았다. 그들은 딸이 처한 지금의 상황이 명료하지 않아 주저하고 있었다. 나는 그들의 의심을 불식시키고자 핸드폰에 찍어둔 영상을 보여주었다.

인적 드문 깊은 산속에 손과 발을 노끈으로 결박하고 눈은 수건으로 가린 채 모로 누워 잠이 든 아이를 먼저 화면에 담았다. 이어서 깊게 파놓은 구덩이에 나무상자를 넣고 그곳에 아이를 소중하게 들어서 조심조심 넣은 후 나무 합판 뚜껑을 그 위에 덮는 과정을 보여주었다.

"여기 파이프로 숨구멍이 열려 있으니 숨 쉬는 게 곤란하진 않을 겁니다."

나는 합판 뚜껑 위로 박아놓은 긴 파이프를 손가락으로 짚어가며 설명했다. 장면이 넘어갈 적마다 내 나름 상세하게 묘사했다. 친절하게 설명을 덧붙이며 이해를 도울수록 안심할 거라 믿었다. 말재주는 부족해도 아이가 겪는 공포와 현장의 분위기를 구체적이고 실감나게 묘사할 수는 있었다.

파이프로 숨구멍만 빼놓은 채 그 위를 다시 흙으로 덮는 장면을 마지막으로 보여주며 차분히 설명했다.

여자는 절망과 안도감을 동시에 내비치며 나를 원망 어린 눈길로 쏘아보았다. 그럼에도 나의 심기를 건드리지 않으려 조심하는 것 같았고, 아이가 좁디좁은 나무상자에 갇혀 간신히 숨만 내쉬고 있을 모습이 뇌리에 박혀서인지 괴로워 보였다.

연약하지만 그녀에게서도 역시 엄마라는 형용할 수 없는 모성의 강직함이 느껴졌다. 여자는 귀티가 흘렀고 몸짓과 말투에도 품격이 있었으며 화장을 옅게 한 피부는 젖은 비누처럼 하얗고 매끈했다. 아이가 아빠보단 엄마를 많이 닮아 있었다. 반면에 남자는 쉽게 감정을 드러냈다. 눌러왔던 분노가 폭발할 것처럼 관자놀이에 시퍼런 혈관이 불거진 남자는 팔을 뻗어 내 멱살을 낚아챘다.

"당신 뭐야! 우리 딸 어디 있어?"

"날 아무리 협박하고 때려도 소용없어요. 그냥은 절대 말하지 않을 거니까."

나는 속사포처럼 서둘러 말을 쏟아내었다. 괜히 한 대라도 맞아서 아픈 건 질색이다.

"아무리 고문하고 죽도록 때린다 한들, 제 입에서 들을 수 있는 말은 아무것도 없을 겁니다. 물론 경찰에 알리는 것도 당연히 안 되겠죠. 꼭꼭 숨겨놔서 누구라도 찾으러 가지 않으면 저대로 굶어 죽을 겁니다. 그리고 저는 맞아 죽는 한이 있더라도 절대 말을 하지 않을 거니까 현명하게 결정하세요."

나는 입술을 앙다문 채 군건한 의지를 온몸으로 보여주었다. 분노를 억제하지 못하고 부들부들 떨던 남자는 나를 팽개치듯 내던졌지만 난 넘어지지 않으려 중심을 바로잡고 버텨 섰다.

여자는 바들바들 떨리는 가슴을 위태롭게 부여잡은 채 나를 설득하려 들었다.

"아저씨, 이러지 마세요. 아직 어린애잖아요? 제발……."

아저씨라니? 난 어이가 없어 입만 멍하니 벌리고 있었다. 내가 어딜 봐서 아저씨라는 거지? 남자는 쉴 새 없이 거친 욕설로 위협했지만 난 동요하지 않았다.

가만히 앉아 가지런한 눈썹을 아래로 접은 채 생각을 정리하던 여자는 얼마 지나지 않아 판단이 선 듯 입을 열었다.

"좋습니다. 돈만 드리면 되는 거죠?"

남편도 흥분하는 게 아무 소용 없다는 걸 알았는지 더는 과도한 행동을 하지 않았다. 대신 머리를 굴리고 있다는 걸 직감했다. 그들은 간파했을 것이다. 이렇게 얼굴까지 공개하고 찾아온 것만 봐도 돈만 내어주면 아이는 무사할 거란 내 말의 진위를 의심할 이유가 없다. 당차게 일어난 여자가 거실 한쪽 벽을 살짝 누르자 펜트리 문이 열리며 벽면에 숨어 있던 수납공간이 드러났다. 그곳엔 명품가방이 빈틈없이 가득 채워져 있었고, 그중 하나를 꺼내 서재로 달려간 여자는 곧 가방 안에 5만 원권 다발을 가득 채워서 돌아왔다.

누구는 있는 돈, 없는 돈 죄다 긁어모으고 빚까지 져도 1억 만들기가 어려운데 이들은 거실에서 서재까지 몇 걸음만 다녀와도 그 돈이 뚝딱 나왔다. 그보다 더 놀라운 건 자신의 아이를 납치한 남자를 마주한 상황에서도 고가의 명품 사이에서 가장 값싼 가방을 골라내어 담아주는 순발력이었다. 여자가 한결 차분해진 어조로 말했다.

"5천을 먼저 주고 아이가 무사한지 확인되면 나머지 5천을 드리죠."

역시 부자들은 거래를 할 줄 안다. 오히려 이런 상황에서도 침착하게 거래를 하려 드는 이들 부부가 마음에 들었다. 그래서 난 저들이 거절할 수 없을 제안을 해야만 했다.

"지금 돈을 전부 주시면, 이 자리에서 아이 있는 곳을 알려드릴게요. 그리고 아이를 확실히 찾은 후에 자리를 뜨겠습니다."

저들은 당황한 듯했지만 빈틈없는 제안임에는 분명했다. 오히려 내게 더없이 불리한 제안이기도 하니 망설일 이유가 전혀 없었다. 합리적 가격대의 중저가 가방에 5천만 원씩 두 번에 걸쳐 1억이 채워졌다. 돈을 확인한 나는 자리를 고쳐 앉고 물었다.

"좋습니다. 그럼 아이가 있는 곳을 알려드릴 테니 선생님도 제게 주세요."

당장이라도 뛰쳐나갈 듯 채비하던 남자가 급하게 되물었다.

"뭘 더 주라는 겁니까? 돈은 이미 줬잖아요."

"이것 말고요. 저도 신상을 이렇게 공개했는데 선생님도 알려주셔야죠. 나를 신고하지 않을 거라 확신이 들 만한 선생님의 이야기를."

"네?"

말뜻을 제대로 이해 못 했는지 남자는 나와 여자를 번갈아 바라보며 어리둥절해했다. 나는 분명히 설명해야겠단 생각에 턱을 끌어당기고 눈을 똑바로 응시한 상태로 재차 말했다.

"숨겨둔 비밀을 들려주세요. 1억 원의 가치가 될 만한, 절대 알려지길 원치 않는 걸로. 나를 신고하면 그 비밀은 만천하에 까발려질 거고, 얘기가 퍼져나가는 것을 입막음하려면 돈을 지불해야 할 겁니다. 그러니까 엄밀히 따지면 지금 이 돈은 아이의 몸값이 아니라 나의 침묵에 지불하는 돈입니다. 그러니 이 돈과 맞바꿀 만한 치명적인 것으로 들려주세요. 분명히 말하지만 신고하지 않는다면 비밀은 무덤까지 가져가겠다 약속드립니다."

"그게 무슨 황당한 소립니까? 그리고 비밀을 지킬 거라고 어떻게 믿어요?"

남자는 나의 진심이 담긴 약속을 의심하는 것 같았다.

"잘 생각해보세요. 두 분은 지금 제 얼굴을 이렇게 마주 보고 계시잖아요. 이 집에 CCTV도 내 모습을 분명히 담았을 테고, 지금 마신 이 음료에도 내 지문이 고스란히 새겨져 있어요. 내 신분이 이렇게 적나라하게 드러나 있는데 아이가 살아날 확률이 얼마나 될 것 같으세요?"

나는 내가 직접 언급한 명확한 사실에 저들도 어느 정도 동의한다는 걸 표정으로 확인했다.

"너무 겁먹을 거 없어요. 절대 신고 못 할 비밀만 안다면 나도 군이 손에 피를 묻힐 이유가 없죠. 딱 1억 원짜리 비밀이면 됩니다."

나는 저들이 이 방문의 성격을 이해하길 바란다. 지금 상황을 적당히 얼버무리고 모면하려 든다면 괜히 시간만 허비할 뿐이다. 부부는 서로 주뼛주뼛 마주 보기만 하며 곤란한 얼굴로 짧은 숨만 내쉬었다. 일부러 생각하는 표정을 짓던 남자가 주저하는 목소리로 먼저 말문을 열었다.

"그…… 그게 난 대외적으로 알려진 것과 다릅니다. 성형외과 병원을 운영하고 있는데 덕분에 방송 출연도 하면서 이미지가 포장되어 있지만 실상은 평상시 말도 험하게 하고 운전할 때는 차마 입에 담을 수 없는 욕설도 자주 합니다. 아마 블랙박스에 전부 녹취되어 있을 겁니다."

"저도 운전할 때 욕해요. 오늘 밤 비 소식이 있어요. 그런 시답잖은 얘기로 날 샐 겁니까?"

내가 더 센 거 없냐는 눈길로 재촉하자 남자는 마지못해 말을 이어 나갔다.

"불법으로 땅도 매입했습니다. 토지공사에 있는 동창이 미리 개발계획을 귀띔해줘서 시세 차액을 챙겼어요. 그리고 제약회사 영업사원 도움으로 신약 정보를 미리 알아서 바이오주식을 사기도 했고. 또 음주운전을 하다 붙잡혔는데 운전자 바꿔치기도 했고……. 탈세도 아주 쉬워요. 다른 성형외과들과 마찬가지로 수술비를 현금으로 내면 할인해준다는 조건을 걸면 돼요. 꽤 혹하는 금액이니 대부분 현금을 낼 테고 그러면 세무 신고를 누락해도 아무도 모르는 거죠."

"누구나 하는 건 비밀이 아니죠. 시간이 많지 않습니다."

"학위논문도 베껴서……."

남자는 조급해했지만 얘기를 할수록 목소리는 작아지고 태도 또한 움츠러들었다. 나는 노골적으로 재미없다는 표정을 지으며 압박했다. 시간이 많지 않다는 걸 거듭 설명하는데도 이해 못 하는 게 안타까웠고, 그런 면에서는 순발력이 떨어지는 데 놀랐다.

현실을 직시하지 못하고 자꾸만 회피하려 드니 흔한 얘기만 맴도는 거다. 어차피 우린 인간적 유대관계도 전무하고 서로를 신뢰할 수 없으니 그저 교환하는 관계로만 인정해야 된다는 사실을 놓치고 있는 듯 보였다. 낯선 이에게 내밀하고 사적인 얘기를 털어놓는 것이 납득하기 어렵겠지만 처음이 어렵지 한번 얘기를 꺼내놓으면 견고한 둑에 구멍이 터지듯 결국 무너질 것이다.

한참 동안 아무 말이나 수다스럽게 떠들던 남자는 더 이상 마땅히 꺼낼 말이 없는지 뜸을 들이며 입술을 달싹거렸다. 난 그 모습이 너무 한심해서 하마터면 소릴 지를 뻔했다.

"비 소식이 있다고 말했는데 고작 그런 허접한 얘기가 다예요? 이해를 못 하시나 본데 빗물이 숨구멍으로 들어가면 그 안에 물이 찬다고요."

"비밀이 없는데 갑자기 어떻게 말합니까! 그럼 내가 꾸며서라도 얘기할까요?"

남자는 치미는 짜증에 신경이 곤두서 있었다. 지켜보던 여자가 남편을 진정시키며 말했다.

"여보, 시간이 없어. 그냥 다 말씀드려요."

여자가 목까지 차오른 말을 다시 삼키며 속으로 밀어 넣는 걸 눈치챘다. 감춰둔 뭔가가 있는 게 분명했다.

여자가 남편을 노려보듯 응시하며 채근하자 굳었던 남자는 머릿속에 삭제되었던 지난 기억을 복구해내듯 잠시 머리를 감싸 쥐었다가 입을 열었다.

"학창 시절 명문 사립고등학교에 다녔는데 그곳에 비밀 사교클럽이 있었어요. 세월이 많이 흘렀지만 클럽의 멤버들과는 지금까지도 밀접한 관계를 유지할 정도로 관계가 돈독하죠. 대부분 사회지도층에 한자리씩 차지하고 있고 멤버들은 나와 직간접적으로 관련이 있으니 클럽의 비밀을 누설하면 내 경력은 끝입니다. 그러니 1억의 가치로 충분할 겁니다."

남자는 이따금씩 아내의 눈치를 보며 곤욕스러워했다. 오늘 처음 본 낯선 남자에게 자신의 치부가 드러나는 것보다 아내 앞에서 자신의 밑바닥을 드러내는 게 더 거슬리는 모양이었다. 자칫 알량한 가장의 권위마저 흠집이 날까 봐 사뭇 신경을 쓰는 게 분명했다.

"그 클럽에는 행동강령이 있습니다. '돛단배 함께 타기'라고, 주로 사회적으로 물의를 일으킬 만한 행위가 대부분인데 외부에 알려지면 지탄 받을 행동들을 멤버 모두가 수행하고 그 기록을 남겨서 서로 나눠 갖죠. 그렇게 비밀을 공유하면 친목을 견고히 할 수 있다고 믿었습니다. 일종의 한배를 탄 동지라는 뭐, 그런 유대관계가 생기는 거죠. 철없던 시절에 한 의식이지만 아마 다들 버리지 않고 어딘가 보관하고 있을 겁니다. 나 또한 그렇고요."

남자는 마치 오래전 지웠던 기억을 끄집어내 맞아, 이런 적도 있었지 하며 추억을 떠올리는 듯 고개를 주억거렸다. 말은 계속 이어졌다.

"옆 학교에 부모 없이 할머니랑 사는 동급생이 하나 있었어요. 우린 걔를 불러다 온갖 추잡한 행위를 시켰습니다. 발가벗겨서 사진도 찍고, 때리고, 얼굴에다 오줌 싸고, 담뱃불로 지지고…… 어차피 보호해줄 부모도 없고 그 할머니는 귀머거리여서 말도 잘 못 했거든요. 어디 가서 신고도 못 할 애라 좀 짓궂게 장난을 쳤습니다. 장난이란 게 별건 아니고, 고등학생 애들이나 할 법한 유치한 뭐, 그런 거긴 한데……."

가지런한 치열을 내보이며 어색한 웃음으로 우쭐하던 남자는 돌연 정색하며 변명했다.

"압니다, 잘못된 행동인 거. 그렇지만 나도 어쩔 수 없었어요. 고작 열아홉 살짜리가 뭘 알겠습니까. 철도 없었고. 더구나 내가 거기서 머뭇거리고 동참하지 않았다면 다른 애들이 얼마나 날 우습게 보겠습니까. 고3이었잖아요. 입시 스트레스로 그 어린 나이에 원형탈모까지 왔어요. 무엇으로라도 해소하지 않으면 죽을 것 같았습니다. 그나마 그렇게라도 풀었으니까 그때 죽지 않고 이만큼 사는 겁니다."

남자는 제멋대로 기억하는 내용을 오롯이 자기중심적으로 늘어놓았다. 간혹 이마를 매만지며 스스로 내뱉은 말에 부끄러워하는 것 같았지만 그렇다고 지난 과거를 후회한다거나 죄책감을 느끼는 것 같진 않아 보였다. 그런 와중에 창밖으로 굵은 빗방울이 떨어지기 시작했다. 심상치 않은 날씨라 나조차 신경이 쓰였다. 남자도 적잖게 당황한 기색이 역력했다.

"그 버릇이 군대까지 이어졌어요. 좀 병약한 후임 하나가 있었는데, 유독 그놈이 꼴 보기 싫어서 날마다 괴롭히고 구타했습니다. 밤에 코를 너무 골아서 방독면을 씌워 재우기도 했고, 행군할 땐 걔 군장에 아령을 넣어놓기도 했습니다. 우리 때는 상근 예비역이 일 년의 복무기간을 마치고 상병이 되면 동사무소 같은 곳으로 재배치됐는데 걔가 상근이었어요. 아마 그게 꼴 보기 싫었나 봅니다. 그놈은 상병 달 때까지 나만 보면 오줌을 지렸습니다."

남자는 얘기를 하면서도 자꾸만 웃음이 나오려는 것을 참는지 볼이 실룩거렸다. 나는 가만히 듣고 앉아 적당히 맞장구를 치기도 했다.

"뭐 그 정도야 그럴 수도 있죠. 나도 군대에서 많이 맞았으니까."

내가 반응이 시원찮아 보이자 남자는 발끈해 말했다.

"그냥 몇 대 때린 정도가 아니라 지속적으로 괴롭혔다니까요. PX에서 냉동만두를 토할 때까지 먹이고. 잠도 안 재우고. 유도기술이랍시고 목 졸라 기절시키고. 가벼운 성추행도 있었죠. 이를테면 그게…… 자위도 시키고 정액도 먹이고……."

내가 뜨악한 표정을 내비치자 남자는 멋쩍게 웃으며 변명을 덧붙였다.

"나라고 그게 잘했다는 건 아니에요. 지금은 충분히 반성했습니다. 교회도 열심히 나가서 회개하고 헌금도 많이 했어요. 물론 하나님은 용서해주셨지만 이 사실이 밖으로 알려지게 되는 날엔 저한테도 큰 불이익이 테니 이 정도 비밀이면 만족스럽지 않나요?"

그럼에도 내가 마뜩잖은 표정을 내비치자 남자는 결심이 선 듯 고개를 끄덕이며 말했다.

"좋아요, 다 말하죠. 우리 병원에서 가슴 수술 받은 여성들

마춰 후에 전신사진 찍어 다크 웹에 공유했어요. 우리 멤버들만 볼 수 있는 웹이고, 이게 그 프로그램과 접속하는 방법입니다."

남자가 펜으로 다크 웹 접속 경로를 휘갈겨 적은 메모지를 건네주며 말을 이었다.

"사진을 올리면 회원들끼리 시시덕거리며 가슴에 점수도 매기고 동영상도 돌려보는 그런 곳이에요. 이 정도면 됐죠? 더 이상 뭐가 필요해? 이 정도면 충분하잖아!"

화를 참지 못한 남자가 버럭 고함을 질렀다. 느닷없이 창밖으로 빗줄기가 퍼붓기 시작했다.

예상치 못한 폭우에 여자는 안색이 잿빛으로 변했다. 조바심에 날 선 목소리가 튀어 올랐다.

"답답하다 진짜. 시간 없다는데 언제까지 시간 낭비하고 있을 거야! 당신 외도한 거 얘기하면 되잖아! 왜 그걸 숨기고 있어, 지금 물불 가릴 때야?"

남자가 화들짝 놀라 눈을 크게 떴다. 여자는 참고 있던 말들을 거칠게 쏟아냈다.

"내가 모를 줄 알았어? 오수정이! 작년 여름에도 개랑 양양 갔다 온 거 내가 다 알거든."

남자는 동공에 지진이라도 난 것처럼 눈동자가 마구 흔들렸다. 여자는 잰걸음으로 계단을 올라 어딜 가더니 서류봉투 하나를 들고 돌아왔다.

"저 인간이랑 바람 핀 애, 심지어 미성년자예요. 열여덟 살짜리 솜털도 안 난 애랑 모텔 가서 그 짓거리 한 거, 내가 사람 써서 자료도 다 모아놨어요."

"여, 여보 그걸 왜……?"

"왜냐고? 위자료 소송이라도 하려면 필요할 거 같아서 모아놨다."

여자의 날 선 눈매에 남자는 파랗게 질려 있었다.

제법 흥미로운 얘기가 흘러나오자 호기심이 발동한 나는 살짝 흥분한 투로 물었다.

"그 얘기 좀 자세히 해봐요. 타이틀이 흥미로운데요."

남자는 떨떠름한 표정으로 턱을 쓰다듬며 머뭇대다 말했다.

"……우리 결혼 주례 봐준 은사님 딸이에요."

"심지어 은사님 딸을요?"

난 웃음을 참느라 손으로 입을 틀어막았다. 남자는 기어드는 목소리로 말했다.

"애기 때부터 알던 사이였어요. 옛날부터 날 잘 따르고 시키는 건 뭐든 하는 게 재미있어서 좀 데리고 놀았을 뿐입니다. 생각하는 그런 게 아니에요."

나는 봉투에서 사진을 꺼내 눈을 비비고 다시 확인해봤다. 도무지 납득을 할 수 없어 물었다.

"그런 게 아니라고요? 아무리 봐도 손만 잡고 쎄쎄쎄 한 상황은 아닌 거 같은데요?"

남자는 고개를 휘휘 저으며 당당한 척 굴었다.

"가끔 관계를 가진 건 인정하지만 깊은 사이는 아니라는 겁니다. 걔가 의지가 약한 애라 내가 하란 대로 하고. 일종의 가스라이팅 같은 뭐, 그런 거지 난 걔한테 전혀 감정이 없어요."

신선한 발상에 나는 놀라지 않을 수 없었다. 감정 없는 육체적 관계는 이들에게 허용되는 범위란 건가? 이들의 세계관은 나와는 시작점부터가 다르다는 생각에 혹여 나의 촌스런 마인드가 들키기라도 할까 봐 시선을 피했다.

그 뒤로도 흥미로운 얘기가 여럿 나왔지만 아직은 개운치 않고 아쉬웠다. 일단 분위기 환기 차원에서 가볍게 마른기침을 하고는 여자에게 물었다.

"이번엔 사모님 얘기를 들어볼까요?"

"네? 내 얘기는 왜요?"

"남편분의 비밀만으론 안 되죠. 부부란 게 언제든 남이 될 수도 있는 건데."

생각지도 못한 전개에 여자는 뒤로 주춤 물러서며 노골적으로 거부감을 드러냈다.

"절대 신고 안 할게요. 그냥 알려주세요. 그깟 1억 우리한테 아무것도 아니에요."

그래도 난 예외는 없다는 듯 단호하게 요구했다. 하필 비가 쏟아지는 이런 궂은날로 정한 건 의도했던 바다. 시간을 지체할수록 내가 불리해질 수 있단 판단에 상황을 극단으로 몰아넣은 것이고 그래야 저들도 생각할 여유 없이 불필요한 꼼수를 쓰지 않을 거라 여겨서였다.

　허나 예상보다 많은 비가 쏟아져 당황한 것도 사실이다. 솔직히 숨구멍으로 빗물이 얼마나 빨리 채워질지는 나도 가늠이 되지 않는다. 만약 예상보다 빗물이 빨리 차오르면 손쓸 방도가 없다. 애써 여유를 부리며 태연한 척하고 있지만 이 상황에 마냥 냉정할 순 없었다. 내 불안한 낯빛을 눈치챘는지 여자는 서둘러 입을 열었다.

　"예전에 미얀마 출신 가사도우미가 있었는데 불법체류자였죠. 일하는 동안 지속적으로 학대했어요. 굼뜨고, 더럽고, 많이 처먹어서. 그래서 때리고 변기 물도 먹이고. 나중에 문제 될 것 같아 불법체류자로 신고해 강제 출국시켰어요. 당연히 임금도 체불하고 쫓아냈죠."

　남자도 그건 몰랐는지 따가운 시선으로 쳐다보자 여자는 불쾌하다는 듯 소리쳤다.

　"그런 눈으로 보지 마. 나도 힘들었거든. 내가 우울증과 긴박성 인격 장애 있는 거 알잖아. 그게 얼마나 미치게 하는 병인데! 내가 왜 그랬겠어. 당신이 그년이랑도 잤잖아!"

예상치 못한 말에 남자는 또다시 놀라 볼에 핏기가 가셨다.

"내가 허리가 아파서 한 달간 병원에 입원해 있을 때, 당신은 그년이랑도 그 짓거리 할 생각밖에 없었지. 발정 난 개새끼마냥! 기왕 말 나온 김에 털어놓지만 그동안 당신 바람기 때문에 내가 얼마나 자존심이 상했는데. 그래, 좋아! 오수정이는 머리는 좀 비었어도 어리고 예쁜 데다 그 집 부모는 장관까지 지낸 나름 수준 있는 집안이라 쳐. 근데 격 떨어지게 어쩜 그런 하찮은 년까지 내 침대로 끌어들여서 그 짓거리를 할 수가 있냐고! 정말 소름 끼쳐. 결혼할 때 우리 집에서 당신 자수성가한 국수집 장남이라고, 미천한 출신이라고 결혼 반대한 거 당신도 알잖아. 그것 때문에 내가 친구들 앞에서도 당당하지 못하고 자존감은 밑바닥으로 떨어진 거 잘 알면서 어떻게 바람을 펴도 그런 수준 낮은 것들이랑 그러냐고!"

남자는 자존심이 뭉개졌는지 얼굴빛이 붉으락푸르락한 채 맞받아쳤다.

"너 말 다 했어? 너희 집은 얼마나 태생부터 잘난 집안이라고 수준 이딴 소릴 지껄여? 너희 부모님이 그동안 날 개무시하고 사위 취급도 안 한 거, 그거 나는 멀쩡했을 것 같아?"

별안간 부부싸움으로 번진 상황에 함부로 끼어들 수 없었던 난 그저 넋을 놓고 바라보기만 했다. 저들은 어떻게든 상대에게 깊은 상처를 남길 언어를 동원하며 서로를 힐난했고 눌러왔던 불만들을 토로했지만, 그럼에도 서로를 경멸하는 것 같진 않아 보였다.

잘못엔 다 이유가 있었고 서로 일관된 변명으로 스스로를 변호했다. 내가 지켜보고 있어서 표현할 수 있는 감정은 제한되어 있다 하더라도 충분히 더러운 진흙탕 속에서 물어뜯고 싸웠다. 그렇게 마무리가 되어가는지 씩씩거리며 잠시 입을 다문 부부는 한껏 복잡한 표정을 지었다. 그리고 여자가 모든 걸 털어놓기로 작정한 것처럼 고개를 번쩍 치켜들었다.

"나도 바람 폈어요."

잠시 허공에 시선을 두던 여자가 남자의 눈을 빤히 응시하며 말했다.

"나, 우식 씨랑 잤어."

갑작스런 자백에 얼이 빠져버린 남자는 정신을 차리려는지 머리를 세차게 흔들었다.

"거짓말이지? 강우식이? 산부인과 강우식이, 내 후배? 설마 걔 말하는 거야?"

대답 대신 입을 다물어버리자 남자의 분노는 극에 치달았다.

"왜? 왜 하필 그 자식이야? 내가 걔를 얼마나 재수 없어 하는지 알면서 하필 왜 그놈이냐고?"

"왜요? 그 사람이 누군데요?"

내가 끼어들어 묻자, 여자는 주눅 들지 않고 고개를 빳빳하게 세운 채 얄밉게 말을 쏟아냈다.

"남편이 다니던 학교 후배인데 종합병원에 있을 때는 그 사람 직책이 더 높았어요. 그 꼴 보기 싫어서 병원 사표 내고 자기 병원 개원한 거예요."

남자는 완전히 이성을 잃은 듯 눈이 뒤집어지고 흉곽이 빠르게 팽창과 수축을 반복하면서 호흡마저 거칠어졌다.

흥분한 남편을 빤히 바라보던 여자는 체념한 듯 입을 열었다.

"어차피 알게 된 거 그만 끝내. 이제 와 부부관계를 유지하는 게 무슨 의미가 있어. 당신이 나가. 당신은 오수정이 스무 살까지 키워서 함께 살면 되잖아. 난 우리 딸만 있으면 돼."

남자는 화를 주체할 수 없는지 발까지 굴러댔다.

"뭔 개떡 같은 소리야? 내 딸이거든. 나갈 거면 당신이 나가야지 내가 왜?"

"어차피 당신 딸 아니야."

"웃기는 소리 마! 시험관 시술로 낳았어도 엄연히 내 정자고 내 유전자를 가진 내 딸이야."

괜히 머뭇거리던 여자는 감춰두었던 말을 꺼냈다.

"바꿔치기했어. 우식 씨 거랑 바꿔치기했다고. 우식 씨가 그 병원 과장이었잖아."

충격적인 출생의 비밀에 남자는 절망했다. 똬리를 틀고 있던 의심이 현실로 다가오자 더 이상 감정을 억누를 수 없을 만큼 괴로워 보였다.

"그, 그럼 10년 전부터 그런 사이였어?"

"그건 아니야. 헤어졌다 최근에 다시 만난 거야. 나라고 그러고 싶어 그런 줄 알아? 우리가 이렇게 된 건 모두 당신 탓이야. 당신이 자꾸 밖으로 도니까, 나도 어쩔 수 없었다고."

여자가 구체적으로 언급하진 않았지만 그간 은밀한 관계가 오랫동안 드문드문 이어져 왔다는 걸 짐작할 수 있었다. 남자는 소파에 주저앉아 듣는 내내 공기에 바람이 빠진 사람처럼 공허해진 얼굴로 그동안 의심스러웠던 순간들을 어렴풋이 떠올리는 듯했다. 두 손으로 얼굴을 감싸고 괴로움에 신음을 토해내던 남자는 머리를 마구 긁어대며 다 포기한 투로 말했다.

"비밀로 합시다. 생물학적으로 내 딸이 아니란 사실은 비밀로 해주세요."

남자는 세차게 고개를 저으며 말을 이었다.

"그 애는 내 딸입니다. 단 한순간도 그 사실을 의심한 적이 없어요. 이날 이때껏 한없는 사랑으로 키웠어요. 내 딸이 처음으로 날 아빠라 불렀을 때도, 첫 걸음마를 뗄 때도 다 기억합니다. 비밀 지켜주세요. 지켜만 준다면 내가 무슨 짓이라도 할 테니 부탁드립니다."

남자는 참담한 얼굴로 고개를 떨궜다. 나는 그의 간절함을 알 것 같았다.

"그 정도면 됐습니다. 정자 바꿔치기는 꽤 흥미로운 얘기였습니다. 선생님의 비밀은 그 정도면 된 것 같은데, 그에 비해 사모님 게 빈약하네요."

내가 다른 거 없냐는 눈길을 보내자 여자의 깊게 패인 눈가가 촉촉해졌다. 물불 가리지 않겠다는 결심이 섰는지 느닷없이 옷을 벗으며 말했다.

"나를 찍어요. 내 몸 구석구석 사진을 찍어서 보관하세요. 내가 만약 신고하면 사진을 뿌려서 수모를 줘. 하지만 난 안 해. 그쪽도 내가 신고 안 하길 바란다면 꼭꼭 숨겨둬야 할 거야."

남자가 쉰 목소리로 여자의 행동을 말렸다.

"여, 여보 잠깐만……."

여자는 나를 경멸해 마지않는 눈으로 노려보며 하나둘 옷을 벗기 시작했다. 난 잠시 그녀의 행동을 지켜보다 그 의지만을 확인하곤 멈추게 했다.

"됐습니다, 그 정도면."

그만하면 충분한 것 같았다. 들은 얘기도 적당하고, 무엇보다 내가 그 정도 쓰레기는 아니다. 나는 약속대로 아이의 위치를 알려줬고, 남자는 부리나케 뛰쳐나갔다.

여전히 창밖엔 엄청난 비가 쏟아지고 있었다.

나는 여자와 단둘이 거실에 앉아 불편한 시간을 보내며 한참을 기다렸다. 시간이 지난 후 요란하게 전화벨이 울리고 수화기 건너편에서 남자의 목소리가 들려왔다.

"여보, 우리 딸 찾았어. 괜찮아, 조금 놀랐지만 괜찮아. 괜찮아, 금방 다 잊을 거야."

울먹거리는 남자의 목소리와 함께 아이의 울음소리도 들렸다. 여자도 참았던 울음을 터트리며 오열했다. 그 모습에 나 역시 기뻤다. 아이가 무사해서 다행이다. 마치 해피엔딩 결말의 영화를 본 것처럼 환희와 희열도 느꼈다. 남자의 목소리가 나직이 들려왔다.

"여보…… 우리 다 잘될 거야."

여자는 대답 없이 수화기를 내려놓고 눈물을 참으려는 듯 허공을 올려다보았다. 이내 원망 섞인 눈길로 나를 노려보았다. 나는 위협을 느꼈지만 그게 전부였다.

내가 돈 가방을 챙겨 들고 정중히 인사한 후 현관을 나서려 하자 여자가 한마디 했다.

"비밀은 꼭 지키세요."

"걱정 마세요. 무덤까지 가져갈 겁니다. 그런데요, 강우식이란 후배는 애가 있나요?"

얼굴이 온통 일그러진 여자는 애써 침착함을 유지하려는 듯 등을 곧추세우고 아랫입술을 지그시 깨물었다.

마침내 나는 모든 임무를 끝내고 가벼운 발걸음으로 집을 나섰다.

　이 일에 유괴라는 말은 너무 끔찍한 표현이다. 비록 내가 잠시 아이를 데리고 있었지만 부모의 품으로 곱게 돌려주었으니 모두가 행복한 결말이지 않은가. 아까도 말했지만 이 집에서 1억은 부담스런 돈이 아니므로 이 정도면 어느 누구도 피해 입지 않고 잘 해결된 거나 마찬가지다. 내가 그렇게 나쁜 인간이 아니어서 저들에게도 다행인 일이다. 세상엔 나보다 훨씬 파렴치한 인간들이 널려 있다. 적어도 난 아무에게도 피해를 주지 않았다.

2

인터뷰

지루한 인생이라도 앞날을 예측하기란 어렵다. 닥쳐올 미래를 알 수 있다면 대비했을 테지만 인생은 늘 그렇듯이 불친절하고 느닷없다.

　나는 지금 단조롭고 보잘것없는 내 삶이 조금은 달라질지도 모를 과분한 기회에 직면해 있다. 어제까지만 해도 시시껄렁한 드라마 얘기나 받아쓰기해서 기사랍시고 업로드하던 내가, 이런 거물의 단독 인터뷰라니. 이는 분명 대단히 잘못된 착오로 빚어졌거나 조상님 묏자리를 잘 구한 덕택일 테지만, 이유야 어쨌든 지금 내 앞에 마주 앉은 이 남자는 이제껏 내가 만난 사람 중 가장 미스터리한 인물이다.

　"이런 날이 올 줄은 꿈에도 몰랐습니다. 이렇게 만나 뵙게 되다니 가문의 영광입니다."

나도 모르게 첫마디부터 알랑거리는 내용이라 낯이 뜨거웠다. 긴장한 탓도 있지만 잘 보이고 싶은 의욕에 아첨이 지나쳤다.

강인욱 대표.

애널리스트인 그는 회계학이나 경제학을 전공하지도, 관련 기업에서 실무를 쌓은 경험조차 없음에도 입지전적인 성공을 거둔 투자계의 전설이다. 10년 전 혜성처럼 등장해 주가의 흐름을 귀신같이 파악하는 최고의 스트래티지스트(투자전략가)로 떠올랐고, 증권가에선 예언가란 별명까지 얻었다.

그가 설립한 헤지펀드 회사는 승자독식 제로섬게임의 절대 강자로 주식, 채권, 파생상품, 실물자산, 분야를 가리지 않고 목표물을 먹어치웠으며 국내뿐 아니라 해외에서도 거대한 폭풍우처럼 시장을 뒤흔들었다. 현실적으로 불가능한 극단적인 성공을 성취한 바람에 그는 많은 이들의 시기와 질투를 감당해야만 했다. 사기, 내부자거래, 주가조작 등을 의심받아 여러 번 대대적인 조사를 받기도 했지만 어떤 혐의도 입증하지 못했다.

그런 사람을 경제지 전문기자도 아닌 한낱 연예부 1년 차 기자인 내가, 그의 대저택 서재에 마주 앉아 이렇게 인터뷰한다는 건 그가 일궈낸 성공보다 더 기적에 가까운 일처럼 느껴졌다.

입술은 이미 바짝 말라 단내가 날 지경이었고 주먹 쥔 손은

땀으로 흠뻑 젖어 있었다. 그와 마주한 채 침묵이 무려 1분이나 지속되자 정신마저 아득해지는 것 같았다. 그 와중에도 이상하고 개운치 않은 한 가지가 있었다. 당연히 오늘 처음 보는 사이는 분명한데 어딘지 친숙한 기분이 들었다. 줄곧 봐왔던 사람처럼 낯설지가 않았던 것이다.

어쨌거나 서둘러 이 중압감을 떨쳐내야 했다. 낯간지럽지만 상투적인 칭찬으로 상대를 치켜세워 심리적 친밀감을 형성해야겠단 생각이 들었다.

"대한민국에서 가장 바쁘신 분께서 귀한 시간 인터뷰에 응해주셔서 감사드립니다. 무엇보다 5년 연속 올해의 경제인상을 수상하신 것도 축하드리고 포브스 파워랭킹……"

강 대표는 소개가 불만스러운지 마뜩잖은 표정부터 지었다. 그러더니 손목에 찬 롤렉스 시계를 검지로 톡톡 치며 말을 끊었다.

"시간이 얼마 없어. 따분한 얘기로 내 귀한 시간을 허비하고 싶지 않아. 궁금한 것만 물어. 거짓 없이 다 말해줄 거니까. 그리고 인터뷰 응한 적 없어. 내가 요청한 거지."

그건 사실이다. 좀처럼 언론 앞에 나서지 않던 그가 오늘 아침 회사로 전화해 단독 인터뷰를 하겠다고 했다. 그것도 굳이 나를 지목해서.

내가 가장 궁금한 건 왜 하필 나였냐는 것이다. 왜 날 고른

것인지, 그게 실은 너무도 궁금했다. 오는 내내 수없이 이런 인터뷰가 가능한 이유를 생각해봤지만 당최 납득이 되지 않았다.

"녹취해도 괜찮겠습니까?"

그는 고개를 내저으며 단번에 거절 의사를 밝혔고 난 더 이상 녹취 얘기를 꺼낼 수 없었다. 시작부터 엉망이다. 인터뷰는 주도권 싸움이라고 하던데 내가 우위에 있지 않다는 것을 절감했다.

난 이미 그의 기세에 짓눌려 주눅이 들어 있었다. 내 두뇌가 일시적으로 제 기능을 발휘하지 못하는 건 그가 주는 압박감 때문이 분명했다. 인터뷰를 어떻게 풀어나가야 할지 눈앞이 막막했다.

더군다나 지금 코끝에 맴도는 냄새도 여간 신경 쓰이는 게 아니었다. 이 집의 메이드가 다과와 차를 들고 서재 문턱을 넘어올 때부터 이토록 진하게 퍼지는 향이 쟈스민이란 걸 바로 알아차렸다. 난 쟈스민 향을 맡으면 생각이 정리가 안 되고 심경이 복잡해진다. 마치 쟈스민 향 때문에 생기는 알레르기 반응 같은 거였다. 그건 아마도 쟈스민 향과 함께 떠오르는 한 사람 때문일 것이다.

가뜩이나 긴장하고 있는데 빌어먹을 쟈스민 때문에 더더욱 집중을 못 하겠다. 신경을 안 쓰려고 애쓸수록 오히려 머릿속은 하얘지고 코끝을 간지르며 스치는 쟈스민 향은 온통 내 머릿속을 헤집으며 훼방을 놓았다.

예민해진 나는 속으로 빌었다. 차는 필요 없으니 제발 내 앞에서 쟈스민을 치워달라고. 나의 간절함이 하늘에 닿기라도 한 것일까, 때마침 강인욱 대표의 목소리가 구원처럼 들려왔다.

"쟈스민? 이건 치우고, 커피로 가져와."

그 순간 내가 머릿속 생각을 나도 모르게 입 밖으로 내뱉었나 싶어 당황하기까지 했다. 하지만 그건 아니었다. 나는 정말 입도 벙긋하지 않았다. 어찌됐든 다행이었다. 강인욱 대표도 나처럼 쟈스민 차를 싫어하는 게 분명했다.

쟈스민이 눈앞에서 사라지니 놀라울 정도로 안정을 되찾을 수 있었다. 우선 지금의 어중간한 상황부터 전환해야겠다는 용기마저 샘솟았다. 준비된 기자라면 철저한 사전 조사를 통해 인터뷰의 질을 끌어올리는 게 당연했겠지만, 난 전혀 준비가 되어 있지 않았다. 때문에 이곳에 오기 직전 부장님을 비롯한 각 부서의 팀장급 선배들이 서둘러 질문지를 정리해주었고, 내가 어떤 태도로 이 자리에 임해야 할지를 속성으로 주입 당했다.

그런데 막상 강인욱 대표와 마주하고 보니 그 질문지는 모두 쓰레기통에 처박아야겠다는 생각밖에 안 들었다. 질문의 수준이 높을 필요가 있긴 하지만 나조차도 이해 못 하는 얄팍한 지식으로 경제지표며 국제정세를 들먹이며 해박한 척 포장한 질문들이 그에게 통할 리 없었다. 언변이 아무리 그럴듯해도 난 아직 기초적인 훈련도 되지 않은 인터뷰어란 사실을 끊임없이 의식해야 한다. 기왕 이렇게 된 거 차라리 아무것도 모르는 순진한 기자처럼 접근해야겠다고 생각했다.

"어떻게 부자가 될 수 있었습니까?"

세계 최고 투자자에게 하는 첫 질문이 고작 이 수준이라니. 내가 말해놓고도 한심했다. 나의 하찮은 질문이 못마땅했는지 강인욱 대표는 한동안 뜸을 들이다 조용히 입을 떼었다.

"내가 부자가 될 수 있는 이유는 반칙을 하기 때문이지."

너무나 뜻밖의 대답이었다. 결코 나올 수 없는 대답이기도 했다. 그렇다면 뭐지? 설마 양심선언이라도 하려고?

만약 그런 거라면 진짜 특종이 아닌가. 난 흥분한 가슴을 진정시키며 최대한 태연한 어조로 다시 물었다.

"그럼 내부자거래, 주가조작 그런 소문이 사실이란 건가요?"

강 대표는 통명스런 투로 대답했다.

"편법이나 내부자거래 그딴 건 없어. 난 과거를 볼 수 있기 때문이지."

"과거를 본다고요? 미래를 본다고 해야 맞는 거 아닌가요?"

"난 10년 전에 이미 세상이 어떻게 돌아갈지 전부 알고 있었어."

"아, 앞날을 내다보는 선견지명을 갖췄다, 뭐 그런 말씀이

시군요."

그제야 말뜻을 이해한 나는 기대와 달리 뻔하기 그지없는 대답에 입맛을 다셨다. 그러나 그는 답답하다는 듯 고개를 세차게 내저으며 말을 이었다.

"말뜻을 이해 못 하는군. 난 지난 10년을 수없이 살아봤다고. 아주 많이."

"네?"

그의 말뜻을 바로 알아듣지 못해 반문했다.

"설마 지금 타임슬립, 뭐 그런 걸 말씀하시는 건 아니죠?"

"비슷하지만 좀 달라."

지금 내가 제대로 이해한 건가? 나는 내 귀를 의심했다. 어디서부터 잘못 들었는지도 헷갈렸다. 강인욱 대표는 사뭇 진지한 얼굴을 하고 설명을 이어나갔다.

"난 매해 2019년이 되면 다시 10년 전으로 돌아가는 무한 반복을 지속하고 있어."

10년 전으로 돌아가 무한 반복이라고? 난 터져 나오려는 웃음을 억누르기 위해 이를 악물었다.

"농담하시는 거죠?"

"내가 거짓말은 안 한다고 했을 텐데."

장난이라고 호응해줄 줄 알았는데 그는 여간 불쾌해하는 얼굴이 아니었다. 머쓱해진 난 괜스레 시선을 이리저리 돌렸다.

묵묵히 마저 얘기하는 강인욱 대표의 표정이 놀라우리만치 진지했다.

"오늘은 2019년 7월 6일, 정확히 내일이 되면 여지없이 난 2009년 7월 6일에 눈을 떠. 이러기를 벌써 여러 번 반복해왔어. 이유는 나도 몰라. 갑자기 그러기 시작했거든. 그러다 보니 난 지난 10년간의 세상만사를 정확히 꿰고 있어. 수없이 살아봐서 이미 세상이 어떻게 돌아갈지를 아는데 부자가 안 되는 게 이상하지."

황당한 논리를 이렇게 진지하게 말한다는 것에 나는 놀라지 않을 수 없었다. 이런 터무니없는 소리나 하려고 불러낸 거였나? 나를 농락하려고 이러는 건가 싶어 화가 났지만 정작 화난 얼굴을 한 건 강인욱 대표였다. 자신의 말을 온전히 믿지 않는 나를, 마치 결례를 범한 사람 대하듯 노기를 뿜어냈다.

"내 말을 전혀 믿지 않는군. 왜? 돈 많은 부자가 심심해서 그저 장난하는 것처럼 보여?"

"장난처럼 보이진 않지만 쉽게 믿을 수 있는 얘기는 아닙니다."

어찌 믿을 수 있단 말인가! 이건 황당하다 못해 우스꽝스러울 지경이었다. 그렇지만 나는 기자로서 주관적인 감정을 배제하고 관심과 존중으로 그의 터무니없는 얘기에 좀 더 귀 기울여보기로 했다. 어찌 되었건 아쉬운 건 나다. 난 기사만 쓰면 되므로 일단 적당히 장단을 맞춰주기로 마음먹었다.

"좋습니다. 그럼 10년 전으로 돌아간 게 벌써 여러 번이라 하셨는데 그게 몇 번이나 되나요?"

"아주 많이."

그리고 그는 정말 궁금하다는 얼굴로 내게 되물었다.

"보기에 내가 몇 살로 보이나?"

난 이곳에 오기 직전 이미 그의 간략한 프로필을 모두 머릿속에 넣어두었다.

"1986년생, 올해 서른넷이죠. 물론 관리를 잘하셔서 20대라 해도 믿을 겁니다."

이 말은 사실이었다. 지금도 한창 젊은 나이지만 팽팽한 피부에 태닝으로 알맞게 그을린 피부는 20대인 나보다 훨씬 빛나 보였다. 허나 눈빛만은 세상의 끝에 서 있는 사람 같기도 했다.

"맞아, 핼리혜성이 나타난 1986년에 태어났지. 그런데 아까도 말했듯 내 시간은 10년이 수없이 반복되고 있어. 난 그걸 리셋이라 부르는데, 때문에 난 남들보다 더 오래 살아왔어."

그는 잠시 뜸을 들이며 망설이는가 싶더니 조용히 입을 뗄 었다.

"그래서 내 나이는 3만 살이 넘지."

말도 안 돼. 하마터면 입 밖으로 소릴 지를 뻔했다. 이게 무슨 황당한 소리인가?

강 대표의 표정은 그런 터무니없는 이야기를 하는 것에 비해 아주 태연했다.

"이번이 3050번째 리셋이거든. 나도 처음엔 몇 번 반복되다 언젠가는 다시 정상적으로 돌아올 거라 생각했지. 그렇게 기다린 게 벌써 3000번이 넘은 거야."

말도 안 되는 얘기다. 그제서야 그가 날 놀리고 있다는 확신이 들었다. 분노가 치밀어 올랐다. 허황된 얘기를 멈추게 하려면 서툰 그의 거짓에 허점을 찾아야만 했다.

"그런데 3050번째를 정확히 기억하시네요. 만약 제가 그런 일을 겪는다면 1000번 정도까지 세다 그만뒀을 것 같은데."

그건 분명 사전에 미리 정해놓은 숫자일 것이다. 어떻게 10년에 한 번씩 3만 년 동안 정확하게 횟수를 세고 있겠는가. 내 얼굴에서 불신을 눈치챈 강 대표는 증명이라도 하듯 와이셔츠 단추를 풀고 가슴팍의 맨살을 드러내 보였다. 그의 가슴 중간쯤에 '3050'이라는 숫자가 선명하게 새겨져 있었다.

"리셋이 되면 제일 먼저 달려가 문신부터 새기고 시작해. 동네에 항상 가는 타투 숍이 있는데 첫 신규고객은 50% 할인을 해줘. 난 항상 그곳에서 할인을 받지."

장난처럼 말한 얘기에도 웃음이 나오질 않았다. 여전히 그 말을 신뢰하지 않지만 기왕 이렇게 된 거 믿는 척하며 그가 어디까지 거짓말을 준비했는지 더 확인해보기로 했다.

"왜 갑자기 그런 거라고 생각하시죠?"

"나도 몰라. 지난 3만 년 동안 줄곧 생각해왔고 해답을 찾으려 노력했지만 허사였어. 혹시 후회되는 지난날을 되돌리란 신의 뜻인가도 싶어 별짓을 다 해보기도 했어. 원래 꿈이었는데 포기했던 것들, 놓쳐버린 여자, 해보고 싶었지만 그러지 못했던 버킷리스트 따위의 것들 말이야. 이제는 세상에서 내가 해본 것보다 해보지 않은 것들을 세는 게 더 빠를 거야."

내 인내력의 한계를 시험하듯 그는 믿기 힘든 말들을 멈추지 않았지만 거짓을 말하는 사람치고는 나를 이해시키려고 나름대로 애를 쓰는 것 같았다.

"당신은 후회 없어? 만약 과거로 돌아가면 다른 선택으로 바꾸고 싶은 미래 같은 거."

이번엔 그가 나에게 물었다.

되돌리고 싶은 과거가 없는 사람이 누가 있겠는가.

나 역시 과거로 돌아갈 수만 있다면 되돌리고 싶은 한 가지가 있다. 유난히 쟈스민 차를 좋아하던 그녀. 그녀를 떠올리면 어디서나 쟈스민 향이 떠오른다. 대학교 졸업을 앞두고 결혼을 약속한 사람이었다. 그녀는 국비유학생으로 1년 먼저 유학을 떠나 있었고, 나 역시 국비유학생 시험을 통과하면 그곳에서 신혼살림을 차리자고 약속했다.

하지만 난 수년간 시험에 통과하지 못했다. 그렇게 우린 서로를 그리워만 하다 헤어지고 말았다. 돌이켜보건대 어쩌면 시험은 핑계였을지도 모른다. 그 당시에 난 낯선 세계로 가는 것이 두려웠고 국비 지원 없이 뉴욕의 비싼 등록금을 낼 자신도 없었다. 만약 그때 시험에 떨어졌더라도 무작정 뉴욕으로 건너갔다면? 접시닦이 알바를 해서라도 그녀와 함께했더라면 어땠을까? 그랬다면 적어도 지금보단 행복하지 않았을까? 그런 생각을 종종 하곤 한다. 하지만 지금은 이 얘기를 강인욱 대표 앞에서 꺼내고 싶지 않아 그냥 잠자코 입을 다물었다. 어차피 그도 더 이상 묻지 않고 제 얘기를 이어갔다.

"처음엔 이 말도 안 되는 상황엔 뭔가 이유가 있을 것이다, 신이 내게 원하는 무언가가 있을 것이다, 그렇게 믿었지. 설명할 순 없지만 뭐라도 바꿔놔야 원래대로 돌아갈 거라 확신했거든. 시작은 사적인 욕망들을 이뤄내는 것부터였어. 그러다 점차 공공의 이익이나 인류의 보편적 가치를 추구하는 것에 집중했어. 무료병원을 세우기도 했고, 항암 치료제 개발에 천문학적인 자금을 쏟아부어 암을 정복했고, 아프리카를 풍요로운 땅으로 만드는 것에도 힘을 실었어. 그럼에도 난 여전히 그대로였지. 그래서 더욱 영역을 넓혀 한 국가의 그릇된 선택들을 바꿨고, 더 나아가 인류가 범한 숱한 잘못들을 바로잡는 일에도 내 모든 능력과 방법을 동원했어."

"인류요?"

이제 인류까지 확장된 허황된 얘기에 나는 무례하게도 참았던 실소가 터져 나왔다. 강 대표는 나의 반응에도 의외로 담담해 보였다. 그저 특유의 건조한 표정으로 제 할 말을 계속했다.

"너무 거창해서 믿기 어렵겠지만, 앞날을 안다는 건 어떻게 사용하느냐에 따라 큰 힘과 권력을 가지게 될 수 있어. 부를 축적하는 것과 비교도 안 되게 대단한 건 세상을 바꿀 수 있는 권력자들의 마음을 홀리고 그들을 움직일 수가 있다는 거지. 부와 권력을 많이 가진 자일수록 그들이 가장 두려워하는 건 바로 자신들의 앞날이거든. 그걸 볼 수 있고 전부를 알고 있는 내가 그들 곁에 서서 멘토링을 하고, 조력자, 비선실세, 때론 점술가, 예언자, 무엇이든 될 수 있지. 내가 바꿔놓았던 전 세계의 변화는 지금은 상상조차 할 수 없을 거야. 이 자리에서 다 얘기하면 아마 날 미쳤다고 하겠지. 이 나라를 통일시킨 적도 있으니까."

활기차고 열띤 어조로 말을 늘어놓는 강인욱 대표는 어느새 수다쟁이가 되어 있었다. 더욱 신이 난 그의 입에선 봇물 터지듯 얘기가 쏟아져 나왔고 난 어이없게도 어느새 그의 허풍에 몰입하고 있었다.

"영웅 놀이도 해봤지. 마치 슈퍼히어로처럼 지난 10년간 벌어진 모든 재난을 미리 경고하고 사고를 막았어. 경찰로 일한 적도 있어. 어릴 때 꿈 중 하나가 경찰이었거든. 지금까지 풀리지 않은 미제사건들을 모두 해결했지. 처음엔 범인을 모르지만 사건이 발생할 날짜와 시간, 장소를 정확히 아니까 일이 터지기 직전에 미리 카메라를 숨겨두고 범인의 얼굴을 확인했어. 그러고 리셋이 되면 난 치밀하게 세팅을 해. 사건 발생 전에 범인의 혈액 샘플, 지문 등등의 증거물들을 수집해 사건 현장에 심어놓는 거야. 원래 증거를 흘리지 않는 용의주도한 놈들이라 더 세밀하게 증거조작을 해놔야 확실하게 검거할 수 있어. 유괴, 살인, 방화, 절도 거의 모든 미결사건을 해결한 덕분에 그 당시에 내 별명이 귀신눈깔이었어."

"그럼 살인사건의 경우는 살인이 일어날 걸 미리 알면서도 오로지 범인 검거를 목적으로 살인을 방관하고 기다렸다는 거네요."

내가 반문하자 그의 표정에 마뜩잖은 기색이 역력했다. 내가 도덕성을 지적하는 것에 불쾌할 수 있겠지만, 왜인지 나는 무작정 호의적으로 대하고 싶지는 않았다.

"방관해야지. 놈들이 범행을 저질러야 잡을 명분이 생기니까. 물론 미리 막을 수도 있어. 근데 그런다고 벌어질 일이 멈추는 건 아니야. 잠시 미뤄질 뿐이지. 다른 사람이 희생되거나, 더 최악이거나. 그래도 유괴사건은 보람이 있어. 납치가 일어나도 곧바로 검거만 하면 누구의 희생도 없이 마무리할 수 있거든."

당당하게 말하던 그가 돌연 회한에 가득 찬 얼굴로 돌변하는 것을 알아차릴 수 있었다.

"그래봤자 전부 의미 없는 헛짓거리지만. 재난을 막고, 사람을 구하고, 나쁜 놈들을 잡아 처넣어도 리셋이 되면 언제 그랬냐는 듯 제자리야. 구해줘도 결국 다시 죽고. 나쁜 놈들은 또다시 살아나고. 모든 게 허망하고 또 허무해. 차라리 몰랐을 때가 좋아. 이제는 알지만 방관하고 나의 외면으로 희생된 사람들을 보면 마치 내 잘못인 듯 죄책감이 들어. 내가 모든 사람을 책임질 순 없잖아. 세상을 구하겠다는 오만함에 낯이 뜨거워. 잠시 동안 뭐라도 된 줄 알고 까불었거든. 내가 얼마나 하찮고 가소로운 존재인지 이제는 알아. 비로소 내가 우주의 중심도 아니고 나의 존재가 우주의 목적일 수도 없다는 사실을 받아들이기 시작했어."

그는 서글픈 감정이 뒤섞인 일그러진 미소를 지으며 잔뜩 분위기를 잡고 있었다. 이 터무니없는 상황에 슬슬 짜증이 나기 시작한 나머지 나도 모르게 비꼬는 억양이 튀어나왔다.

"그래서 지금은 세상을 구원하는 일은 그만두신 거네요."

"그 뒤로 한동안은 맘대로 살았지. 내가 할 수 있는 건 무한의 쾌락과 욕정뿐이었으니까. 난 원래가 딱히 하고 싶은 일이 많았던 사람은 아니야. 그래도 어쨌든 다양한 직업군을 체험할 수 있었어. 여러 국적도 취득해보고 다양한 피부색의 친구들도 만나고 숱한 연애도 해봤고. 수많은 도시에서 살았는데 그중엔 이름조차 생소한 곳도 많았어. 프랑스 어느 소도시에서 150년 정도 살았을 땐 그곳 대안학교에서 프랑스 문학을 가르치는 일을 했었어. 낯선 동양인이 자기네 문학을 가르치는 게 흥미로웠는지 국영방송에서 취재를 나오기도 했지."

"그렇게 오래 사셨으면 불어 능력은 현지인 수준이시겠네요?"

난 불어를 할 줄 안다. 능숙하진 않아도 잘하는 사람들 특유의 발음은 구별해 낼 수 있다.

"그랬었지. 프랑스 사람처럼 자연스럽게 말했었지. 그때는. 그런데 지금은 기억이 전혀 나질 않아."

"변명이 너무 궁색한 거 아닙니까. 150년이나 살았고 심지어 프랑스 문학도 가르치셨다면서 어떻게 그걸 잊을 수 있단 말입니까? 장난은 여기까지 하시죠. 그래도 재미는 있었습니다."

이런 짓궂은 장난에 더는 시간을 허비하고 싶지 않았지만 그는 끝낼 생각이 없다는 듯 다시 입을 열었다.

"하멜이 조선에 표류할 당시 그보다 먼저 와 있던 네덜란드인이 있었어. 박연이란 이름으로 귀화한. 그가 하멜을 만나고 펑펑 울었다는데 왜일까? 26년간 조선말만 사용하느라 모국어인 네덜란드어를 잊어버렸거든. 하물며 그럴진데, 내가 프랑스에 있었던 건 무려 1만 년 전이야."

정말 어이가 없었다. 터무니없는 소리로 미꾸라지처럼 빠져나가는 그가 얄미워 화가 났다.

"좋습니다. 그럼 내일 당장 우리나라와 일본이 축구 경기를 하는데 어디가 이깁니까?"

"말했잖아. 나의 이번 생은 오늘까지야. 내일이 되면 또 10년 전으로 리셋이 된다고. 내일 벌어질 일은 나도 몰라. 평생 살아본 적이 없으니까. 그래도 내 말이 진실인지 굳이 확인해보고 싶다면…… 음, 뭐가 있더라?"

그가 뺨을 긁적이며 기억을 더듬는 듯한 행동을 하더니 이내 떠오른 듯 말했다.

"오늘 저녁에 큼직한 스캔들 기사 하나가 터질 거야. 유명 영화배우의 결혼 발표 소식. 당신이 연예부 기자니까 그런 기사는 현재까지 전혀 낌새조차 없었다는 것 정도는 알겠지."

"대표님 정도면 그 정도 정보는 증권가 찌라시로도 충분히 알 수 있지 않습니까."

눈썹을 치켜뜬 그가 얄미운 목소리로 말했다.

"하긴 그렇기는 해."

약이 올랐다. 그의 얼굴에 묘한 표정이 스쳐간 것 같았다. '내가 이렇게까지 하는데도 믿지 않는다면 더는 나도 할 말이 없어'라고 하는 것 같았다.

"부럽습니다. 그런 능력도 있으시고. 저도 리셋 한번 해봤으면 좋겠네요. 부자로 살아보게."

나는 소심한 입술로 비꼬면서도 그새 눈치를 보며 그의 표정을 살폈다. 그러나 그는 아무렇지도 않게 받아쳤다.

"그렇게 하고 있어."

이번엔 또 무슨 해괴한 소리를 하려고 저러는지 일단 들어보기로 했다.

"나만 이런다고 생각해? 내 삶이 10년마다 반복된다고 했지만, 정확히 말하자면 당신을 포함해서 세상 모든 사람들이 나와 함께 리셋이 되고 반복된 삶을 살고 있어. 차이라면 나 혼자만 모든 것을 기억한다는 거지. 내 머리가 고장이 난 건지, 왜이러는 건지, 그 원인은 알 수 없지만 한 가지 분명한 건 나 혼자만 망각을 하지 않기 때문에 이처럼 영원한 고통을 겪고 있다는 거야."

"그게 어떻게 고통이죠? 세상을 안다는 게 얼마나 편리해요. 하고 싶은 거, 되고 싶은 거 뭐든 가능하잖아요. 그런 축복이 어디 있습니까?"

"축복? 난 내일이 기대되지 않아. 이미 알기 때문에 설렘도 없어. 육체는 무한 리셋이 되지만 감정은 완전히 소비되고 이젠 모두 메말라버렸거든. 나는 1986년에 태어나 무려 3만 년을 살았는데 여전히 2019년이고 2020년엔 뭔 일이 벌어질지 알 수가 없어. 그런데도 축복이야? 내가 가장 두려운 게 뭔 줄 알아? 3만 년 동안이나 지겹도록 10년짜리 시공간에만 살았는데 앞으로 또 3만 년을 더 살아야 할지도 모른다는 거야. 나한테는 망각이 축복이야."

"그렇게 말은 해도 좋은 점이 더 많지 않나요?"

"좋은 점? 좋은 점이라면 일단 두려움은 없지. 사람들은 선택의 갈래에 서면 가진 것과 잃을 것을 저울질하다 결국 하찮은 집착을 버리지 못해 진짜 중요한 걸 포기하는 경우가 많은데 이건 그 길의 끝까지 가볼 수 있어. 뭐든지 해볼 수 있고, 타협도 필요 없고, 뭐든 저지르고 그냥 하면 돼. 그 어떤 위협에서도 가장 무모하고 용기 있는 선택을 할 수 있으니까."

"그럼 나쁜 점은요?"

"허무함. 힘들게 쌓아놓은 것도 하루아침에 다 사라져버리지. 오늘까지 쌓아 올린 부와 명예도 내일이면 무가치하고 무의미해져. 내 삶은 헛되고 송두리째 텅 비어버리면서 그저 별 볼 일 없는 10년 전 나로 돌아가는데, 그 허무함은 이루 말할 수가 없어. 사랑도 마찬가지고."

그는 번민과 후회가 가득한 눈으로 잠시 허공을 응시하다 이내 눈가가 축축해졌다. 그런 모습이 꼴 보기 싫었던 나는 머뭇거릴 틈도 없이 물었다.

"그럼 결혼도 해보셨겠네요?"

"했지, 딱 한 번."

"10년을 3000번 넘도록 살았는데 결혼은 한 번뿐이라고요?"

"한 번 했으면 됐지 뭘 두 번씩이나. 그리고 우린 이혼하지도 사별하지도 않았어. 물론 지금 그녀는 내가 누군지도 모를 뿐만 아니라, 다른 남자의 아내로 잘 살고 있어."

난 정말이지 그의 뻔뻔한 연기에 이젠 섬뜩한 기분마저 들었다. 그는 완벽하게 몰입해 있었고, 하마터면 사랑을 그리워하는 한 남자로 가엾게 여길 뻔했다. 그는 공허한 목소리로 말을 이었다.

"많은 여자를 만나봤지만 내가 진정으로 사랑한 건 한 사람뿐이야. 여자에 대해서 좀 아나?"

느닷없는 그의 물음에 난 당황하지 않고 대답했다.

"그래도 연애는 좀 해본 편입니다."

"생초짜이시고."

코웃음을 치며 비웃는 그의 모습에 난 부아가 치밀었다.

"그 정도는 아닙니다."

"실망하지 마. 프로이트도 죽기 전까지 여자들은 무슨 생각을 하는지를 가장 궁금해했으니까. 고작 한 사람의 일생으로 여자를 알 수는 없지. 처음엔 그녀도 내게 싫은 점이나 고쳐줬으면 하는 걸 바로 말하지 않고 돌려 말하거나 눈치만 주더군. 나 역시 보통의 둔한 남자들처럼 다툼이 없으면 아무 문제가 없는 줄 알았고. 그러다 막상 말다툼이 시작되면 이유도 모르면서 무조건 미안하다고 당장만 모면하려다 도리어 싸움만 커졌었지. 그걸 반복하다 보면 나중엔 그녀가 뭘 원하는지, 바라는 모습은 어떤 건지, 원하는 전부를 아는 완벽한 남자가 돼. 오랜 세월 함께 살아보면 알아. 취향뿐 아니라 어떤 표정일 때 어떻게 해줘야 좋아하는지부터 어느 지점에서, 무엇 때문에 화가 나고, 무엇이 그녀를 기쁘게 하고 흥분시키는지 등등 사소한 것까지 모든 것에 맞춤이 되는 이상형의 남자가 될 수 있어."

"그럼 아이도 있었나요?"

이번엔 내가 먼저 기습적인 질문으로 그를 당혹스럽게 했다. 그 낯짝 두꺼운 얼굴로 어떤 연기를 이어갈지 눈을 가늘게 뜨고 응시했다. 그는 언제나처럼 뜸을 들이고는 조용히 입을 열었다.

"강나루. 나루라는 이름을 지어준 예쁜 딸이 있었지."

그의 얼굴은 아까와는 비교할 수 없이 깊고 깊은 그리움으로 가득해졌다.

"지난 시간 동안 수많은 일을 겪었지만 가장 견디기 힘든 한 가지야. 6살이었어. 우린 서로를 끔찍이 사랑했고 그 어린아이의 눈빛은 매 순간 아빠인 나를 조건 없이 사랑한다고 말해줬어. 어쩌면 3만 년의 시간 중 그때가 가장 행복한 시절이 아니었을까……. 헌데 그 행복도 하루아침에 물거품처럼 사라졌어. 딸아이만 생각하면 가슴이 미어져. 한 번만이라도 다시 볼 수만 있다면⋯⋯.”

전혀 납득할 수 없는 거짓을 쉼 없이 쏟아내면서도 불편한 기색이나 흔들림 없는 그의 뻔뻔한 모습에 난 경탄을 금치 못했다. 나는 가까스로 웃음을 참아내며 말했다.

“그분과 또 결혼해 아이를 낳으면 나루도 다시 볼 수 있잖아요.”

그는 나의 무성의한 태도가 못마땅했는지 얼굴을 구기며 되물었다.

“나루가 다시 찾아와줄 거라 어떻게 확신하지? 그렇게 말처럼 단순할까? 그녀가 같은 날 같은 병원에서 아이를 낳을 수는 있겠지. 그런데 과연 우리 나루가 다시 찾아와줄까? 아마 새로운 아이가 태어나겠지. 그럼 난 그 아이도 똑같이 사랑할 거고 잠깐은 행복하겠지만 그날이 오면 또다시, 또 다른 고통으로 남겨질 거야. 그녀와는 언제든 다시 시작할 수 있어. 결혼도 할 수 있고. 그렇지만 우리 나루는 다시 돌아오지 않아.”

그 말이 모두 논리적으로 이해가 되자 도리어 내가 생각 없이 말을 내뱉은 사람처럼 느껴졌다. 공연히 난처해진 기분이었다.

“후회하지 말라고 되돌려지는 삶에도 여전히 후회라는 게 있어. 이럴 바엔 결혼은 하지 말 걸, 차라리 아이라도 갖지 않았다면, 어쩌면 그녀 곁에라도 함께할 수 있었을 거야.”

"왜 함께하지 못하는데요?"

"그녀와 함께 있으면 나루가 자꾸 떠올라 견디기 힘들어. 무엇보다 그 상실감을 그녀와 함께 공유할 수도 없다는 게, 온전히 나 혼자서 감당해야 한다는 게 답답하고 고통스러워."

나야말로 이 허무맹랑한 소리에 장단 맞추며 놀아나는 게 답답하고 고통스러웠다.

"그만하시죠. 솔직히 못 믿겠습니다. 말도 안 되는 넋두리에 위로도 못 해드리겠고요. 제가 아무리 별 볼 일 없는 기자여도 그런 존재하지도 않는 얘기를 듣고 있을 이유가 없습니다."

"왜 존재하지 않는다고 생각해?"

"정상적인 사람이라면 당연히 그렇게 생각하겠죠."

"그러니까 왜?"

"저를 비롯해 대부분의 사람들은 눈으로 직접 보지 않은 건 믿지 않습니다."

"바다를 눈으로 직접 보기 전엔 바다가 존재하지 않는 건가? 왜, 바다는 달라? 바다는 봤다는 사람이 훨씬 많아서? 눈앞에 펼쳐진 세상을 믿어? 속고 있다는 생각은 안 해봤어?"

"정말 계속 이러실 겁니까? 이러려고 인터뷰를 요청하신 거예요?"

더 이상 마음에도 없는 예의는 갖추고 싶지 않았다. 그렇게 마음 먹은 탓인지 감정이 격해져 목소리가 커졌다.

그는 짙은 눈썹을 꿈틀거리며 숙이고 있던 상체를 뒤로 젖혀 소파에 등을 기댔다.

"화났어? 가만 보면 참 감정에 솔직해. 그래서 내가 당신과 대화하기를 좋아하는 거야."

"저도 나름 기자입니다. 아무리 대표님이어도 이런 허구의 얘기를 기사화할 순 없잖아요."

"왜 안 돼? 작가가 지어낸 허구의 드라마는 현실에서 일어난 실제인 양 잘도 쓰면서 내 얘기는 왜?"

별다른 감흥 없이 내뱉는 그의 노골적인 말들이 송곳처럼 날아와 폐부를 찔렀다. 속이 쓰렸다. 그의 말에 따라 감정이 요동치는 나와 달리 얘기하는 내내 그는 모든 면에서 몹시 절제되어 있었다. 아내와 딸 얘기를 꺼냈을 때 보인 도드라진 감정 변화도 그저 잠깐이었다. 금세 무뚝뚝하고 침울한 얼굴로 돌아와 있었다.

"그럼 실패는 어떻게 설명하실 겁니까? 물론 대체로 성공적인 선택을 하셨지만 실패한 경우도 있잖아요. 그렇게 모든 걸 꿰뚫고 계신 분이 어떻게 실패를 할 수 있죠?"

"물론 실패 없이 무결점의 인간이 될 수는 있어. 하지만 그러기 위해선 반드시 그에 근거하는 방대한 분량의 이유도 만들어야 해. 내부자거래도, 주가조작도 없는 완벽한 애널리스트가 된 이유를 설명해야 하는데 그건 매우 지치게 하는 작업이야. 메이저리그 투수가 매 경기 퍼펙트 투구를 한다면 사람들은 그를 외계인 투수가 아닌 진짜 외계인이라고 의심할 거야. 난 그걸 조절할 필요가 있어. 내가 실패를 안 하면 수습이 불가능할 정도로 몰리더라고."

"그럼 지금의 모습도 처음은 아니라는 건가요?"

"지금 애널리스트 강인욱의 모습은 계획표가 완성되고부터 대략 서른 번 정도 반복된 후야."

"계획표요?"

"반복적인 시행착오를 거듭하면서 일정한 규칙도 생기고 과정도 만들어져. 정해진 날짜에 투자하고, 팔고, 사고, 그렇게 하나의 구조가 완성되는 거야. 사실 지금이 유독 재미없는 인생이긴 해. 정해놓은 계획표대로 순서를 지키며 사는 과정은 노동에 가깝거든. 짜놓은 각본대로 반복하는 것일 뿐, 하나부터 열까지 10년을 똑같이 하지 않으면 변수가 생기기 때문에 규칙을 벗어나지 않아. 언제나 같은 동업자와 일을 하고, 회사 직원부터 운전기사, 정원사도 항상 같은 직원만 뽑아. 아까 봤던 메이드도 나와는 오래됐어. 여러 메이드를 겪어봤지만 내가 워낙 짧게 머물다 돌아가는 탓에 습득력이 우수한 사람이 필요했고 그중 배우는 게 가장 빨라 단기간에 내 취향을 완벽하게 숙지하는 메이드라 언제나 우선적으로 고용하고 있어."

"재미없는 인생치고는 너무 많이 가지셨네요. 왜 부자가 되셨어요, 어차피 사라질 텐데?"

내가 자포자기한 심정으로 빈정거리자 그가 억양 없는 목소리로 대답했다.

"그래야 당신이 날 찾아주잖아. 이 정도 성공은 해야 인터뷰도 가능한 거고. 우리가 오늘 처음 봤을 것 같아? 우린 이 자리에서 이 대화를 적어도 20번 이상은 했어."

현기증에 천장이 핑 도는 것 같았다. 소름 끼치는 전율이 온몸을 훑고 지나갔다.

"물론 인터뷰 하나 하겠다고 부자가 된 건 아니야. 내 얘기를 믿어달라 부른 것도 아니고. 다만 이렇게 한 번씩 털어놓으면 허전함이 덜했어."

"날 이미 알고 있었다고요?"

"우리 사이도 오래됐지. 불쾌하다면 미안."

혼란과 현기증에 욱하는 걸 견디기 어려웠다. 심호흡을 여러 번 했다. 내지른다고 뭐 달라지는 건 없으니 난 냉정을 되찾고 태연한 척 말했다.

"괜찮습니다. 어차피 처음부터 믿지 않으니까요. 내일 되면 알겠죠. 내일 이후로 대표님이 사라지면 조금은 믿어보겠습니다. 2009년으로 떠나셨다고."

"글쎄, 사라질 수도 있고, 내일을 살아갈 수도 있어. 나도 궁금해. 과연 내일이 온다면 나는 계속 존재할까? 존재한다면 그는 누구지? 또 다른 나인가? 평행세계? 다중우주론? 뭐 그런 건 잘 모르지만 어쩌면 수많은 강인욱은 그대로 내일을 살아갔을지도 몰라."

"내일 대표님이 사라지지 않더라도 그건 또 다른 복제인간 같은 뭐, 그런 거란 얘긴가요?"

나도 모르게 코웃음이 나왔다. 내일 자신이 여전히 존재하더라도 거기엔 이유가 있다는 장치를 미리 깔아놓으려는 속셈이 분명했다. 끝을 모르는 거짓말에 신물이 날 지경이었다.

"내일을 못 보고 돌아가는 건 언제나 같지만, 어쩌면 다른 강인욱은 계속 시간을 이어가지 않았을까? 내일을 이어간 수많은 나는, 재벌도 있을 테고, 나루 아빠로 살아간 삶도, 프랑스 문학을 가르치던 낯선 동양인도 있을지 몰라. 그런 생각을 하면 함부로 인생을 설계해놓고 내일로 보내버린 강인욱들은 좀 걱정이 돼. 그리고 이미 다른 남자의 여자가 되어버린, 두 번 다시 내 여자로 만들 수 없는 그녀. 결국 그렇게 놓쳐버리고 마는 거지."

그가 주책없이 눈물을 글썽이며 무척이나 서글픈 얼굴을 했다. 난 이유는 모르겠지만 이번만큼은 그의 진심이 느껴져 차마 빈정거리지 못하고 조심스레 물었다.

"후회되세요?"

"후회되냐고? 난 여전히 그녀를 잊지 못했어. 그럼에도 아직은 기회가 있다고 생각하지만 이대로 내일을 맞이하면 두 번 다시 그녀를 되찾을 수 없잖아. 그건 후회가 될 것 같아."

불현듯 그의 내면에 지독한 빈곤이 자리하고 있는 걸 깨달았다. 무엇으로도 채울 수 없는 빈곤. 어떤 풍요도 지탱시킬 수 없는 허무. 그는 속이 텅 비어버린 공허한 인간이 분명하다. 그의 말의 진위 여부를 떠나, 나는 더 이상의 비난을 멈추어야 했다.

현관을 나서면서 꺼두었던 핸드폰을 다시 켰다.

반쯤 넋이 나가 있던 나는, 끝나면 곧장 회사로 들어오라는 부장의 메시지를 확인하고 뒤늦게 현실로 돌아왔다. 어떻게 기사를 정리해야 할지 막막했다. 짧지 않은 인터뷰 시간 동안 아무런 소득도 없이 시답잖은 허풍이 전부였다고 하면 과연 믿을까? 대한민국에서 가장 뛰어나다는 투자전략가가 사실은 과대망상증 환자였다고 기사를 내면 난 웃음거리가 될 게 뻔했다.

들어설 때보다 나가는 길이 유난히 멀게 느껴졌다. 넓은 정원을 지나 대문 앞에 다다를 때까지도 개운치 않은 기분을 떨쳐 낼 수가 없었다. 대문 옆 경비실을 지키고 있는 머리가 희끗희끗한 경비 아저씨는 정문을 나가는 낯선 이에겐 눈길도 주지 않은 채 TV에만 열중했다.

조그만 TV 모니터엔 유명 영화배우의 결혼 발표 기사가 흘러나오고 있었다. 평소 같았다면 당연히 놀랄 만한 사건이지만 이번만큼은 전혀 놀랍지 않았다.

주차장에서 고급 세단 한 대가 빠져나왔다. 내 앞에 멈춰서더니 뒷좌석 창문이 서서히 내려갔다. 강 대표가 얼굴을 내밀었다.

"바쁜 사람 불러다 시간 많이 뺏었지? 긴 얘기 들어줘서 고마워. 언제나 항상."

나는 밉살맞은 그의 면상을 빤히 보며 부정도 긍정도 하지 않는 침묵으로 대답을 대신했다.

떠나려던 그가 갑자기 떠오른 듯 다시 입을 열었다.

"아, 그리고 말이야. 후회할 필요 없어. 별거 없으니까."

"뭐가요?"

"후회하고 있잖아. 여자 친구 따라서 뉴욕에 가지 않은 거. 그곳에서 결혼 못 한 거."

"그, 그걸 어떻게 아셨어요?"

"후회 안 해도 된다고. 그렇게 따라가서 결혼은 했는데, 금방 이혼하고 끝났어."

"그게 무슨 소리입니까?"

"내가 봤거든, 뉴욕까지 따라가 결혼하는 거."

느닷없는 도발에 난 치가 떨리고 화가 솟구쳐 하마터면 소리 지를 뻔했지만 애써 감정을 억눌렀다. 이를 악 문 채 또박또박 말해주었다.

"그건 어떻게 아셨는지 모르겠지만 제가 그 당시 그런 선택을 하지 않은 건 제 결정이 아니라 강제였습니다. 제 형편에 장학금도 없이 비싼 뉴욕의 학비를 내가며 생활을 유지할 수가 없었고 그런 상황에서 그녀와 결혼을 한다는 건 더더욱 불가능한 일이었기 때문에 그 선택 외에 다른 일은 결단코 일어나지도 않았을……."

"내가 줬어."

그가 나의 말허리를 삭둑 잘라먹고 껴들었다. 그리고 무뚝뚝한 태도로 말을 이었다.

"내가 장학금을 줬거든. 그래서 두 사람 모두 뉴욕에서 공부하며 신혼 생활을 꾸렸는데, 무슨 이유인지는 모르겠지만 1년 만에 이혼하더니 결국 혼자서 한국으로 돌아오던데."

난 머리를 쇠망치로 얻어맞은 것 같았다. 그와 동시에 불쾌감으로 몸서리가 쳐졌다. 마지막까지 날 놀리는 그의 태도에 짜증이 나고 화가 솟구쳤다. 허나 사실이라면, 그래서 내 인생을 함부로 개입해 조종한 거라면……. 그런 생각이 들자 혐오스런 분노가 머리끝까지 훑고 올라갔다.

"미안, 내가 괜한 소리를 했나 보네? 난 그냥 아직도 후회하는 것 같아서."

그는 성의도 없는 사과를 얄밉게 내뱉고는 좌석 창문을 서서히 올렸다. 나는 겉으로 내색하지 않으려 했지만 몸을 파르

르 떨고 있었다.

"강 대표님."

나도 모르게 무작정 그를 붙잡아 세웠다. 이렇게 찝찝한 상태로 끝낼 순 없었다. 무엇보다 나의 얘기를 더 듣고 싶었고, 궁금했다. 그러나 악착같이 참아냈다. 여기서 호기심을 더 드러내면 내가 그에게 완전히 잠식당했음을 스스로 인정하는 꼴이다. 난 여전히 나의 이성을 믿고 지지한다. 때문에 잠시 흔들렸던 감정을 바로잡고 목구멍까지 맴돌던 말을 다시 주워 담았다.

"내일은 뭐 하실 겁니까?"

"글쎄, 일단 문신부터 해야겠지."

여느 때와 같이 그는 곰곰이 생각하듯 뜸을 들이곤 말을 덧붙였다.

"시간이 끝없이 거듭되고 차곡차곡 쌓여갈수록 내가 보잘것없는 존재라는 사실을 상기시켜주는 것 같아. 무한의 시공간 속에 내가 머무는 시간은 고작 찰나일 뿐이라고. 그러니 너무 애쓰지 말라고……."

나를 바라보는 그의 눈빛엔 헛헛한 공허함만이 가득했고 또 매우 지쳐 보였다.

세상 모든 것을 알 것 같은 사람이지만 몹시도 가엾은 표정만을 남기고 그렇게 유유히 사라졌다. 난 그의 얘기가 진실인지 거짓인지 아직도 혼란스럽다. 다만 어떻게 그런 허무맹랑한 소리를 끝없이 지어낼 수 있는지 놀라울 뿐이다. 찜찜하고 불쾌한 기분은 사라지지 않았다. 처참하게 함락당한 정신을 다시 붙들어 매고 안간힘을 쓴 채 간신히 서 있을 수밖에 없었다.

3

어쩌면 운이 좋아
우연처럼

살다 보면 유난히 운수 좋은 사람과 나쁜 사람이 있기 마련이다. 운 없이 온전히 제 힘만으로 이루는 삶은 없다고도 한다. 운칠기삼. 성공은 운이 7할이고 재주는 3할이라 하지 않는가. 인생에 있어서 운은 필수불가결의 요소다.

내가 어머니 배 속에서 7개월 즈음 되었을 때 일이다. 부모님은 어느 외딴섬에 여행을 떠났는데 갑작스런 조산 기운에 서둘러 섬을 빠져나와야 하는 상황이었다. 그러나 궂은 날씨 탓에 배가 끊겨 꼼짝없이 갇혀버리는 신세가 되고 말았다. 급기야 양수까지 터지고 결국 해산달을 채우지 못한 채 성급하게 출산을 시도할 수밖에 없었다. 하필 다리가 먼저 나오고 탯줄까지 목에 감기는 최악의 상황이었는데, 운 좋게도 그 섬에 여행을 온 산부인과 의사가 있었다. 때마침 산부인과 간호사였던 민박집 딸도 고향에 휴가차 내려와 있어 내가 무사히 태어날 수 있었다고 한다.

남들은 내가 억세게 운이 좋아 세상에 빛을 볼 수 있었다지만 애석하게도 어머니는 끝내 출혈이 멈추지 않아 다음 날 세상을 뜨고 말았다. 살아오면서 나는 수도 없이 많은 행운을 손에 쥐었고 그와 비례해 불행한 일도 많이 겪었다. 적당한 나이가 되고서야 놀라운 사실 하나를 깨달았는데, 내게 행운이 오면 곧바로 다음 날 여지없이 불행이 찾아온다는 것이다.

추첨으로 원하던 중학교에 입학한 다음 날엔 극장에서 영화를 보다 뱀에 물렸고, 백화점에 우연히 갔다 백만 번째 입장 고객이 되어 제주도 여행권을 경품으로 받은 다음 날은 마른하늘에 날벼락을 맞아 병원에 입원해야 했다.

대학 진학도 기가 막혔다. 어릴 적부터 인디아나 존스 박사처럼 고고학자가 되고 싶어 고고미술사학과에 원서를 냈는데, 그때 내 성적으로 그 대학에 합격하는 건 무모한 도전에 가까웠다. 그랬음에도 운이 좋게 지원자 미달이 되면서 입학할 수 있었다. 물론 바로 다음 날 정원 미달로 학과는 없어지고 듣도 보도 못한 미생물학과와 통합되면서, 나는 4년 내내 기생충만 보다 졸업했다.

20대 때는 미혼에 자식도 없이 그저 청약통장 하나 달랑 있었을 뿐인데 덜컥 아파트에 당첨이 되고 다음 날 퍽치기 강도를 만나 봉변을 당했다. 당시에 두개골이 함몰되는 부상으로 사경을 헤매다 일주일 만에 깨어난 기억은 아직도 생생하다.

내겐 무수히도 많은 행운이 따라다녔다. 그럴 적마다 다음 날이면 어김없이 대가를 지불하듯 불운도 뒤따랐다. 알탕에 복어 알이 들어가 죽을 뻔하고, 개한테 물려 광견병에 걸리고, 놀이터 앞을 지나다 애들이 던진 야구공에 맞아 발목이 부러지고, 소 뒷발에 걷어차여 무릎뼈가 으스러지고, 톱질하다 손가락이 잘리고, 맨홀 구멍에 빠져 엉치뼈가 부서지고……. 골절만 따져도 무려 서른 번이 넘었다.

커갈수록 행운의 빈도수는 점차 늘어났다. 이제는 지나치리만큼 끝없이 밀려든다. 그럴 때마다 여지없이 불행을 맞이해야만 했고 나는 고통 받았다. 행운의 여신은 이제 더욱 노골적으로 날 시험했다. 나는 온종일 쏟아지는 행운을 거부하는 게 일상이 되어버렸다.

아침 출근길, 오늘도 역시 열차는 내가 플랫폼에 도착하는 것과 동시에 들어왔다. 언제나 그렇듯 미어터지는 지옥철에서도 내가 차에 오르면 기다렸다는 듯 내 앞에 자리가 생겼다. 이 정도 가벼운 행운은 그에 따른 불행도 비례하게 가볍지만 나는 드러내놓고 던져주는 행운조차 되도록이면 피하게 되었다. 서너 번 적당히 빈자리를 양보하다 운이 희석되었다 싶으면 그제야 자리에 앉았다. 그러다 맞은편에 앉은 여자와 눈이 마주쳤다.

여자는 나를 아는지 가볍게 목례를 하며 웃어 보였다. 누구지? 곰곰이 생각하다 그녀가 우리 부서 계약직 여직원이라는 걸 떠올렸다.

그동안 나와 같은 열차를 타고 출퇴근을 해왔던 걸까? 언제부터? 출근길에 운 좋은 상황을 되도록이면 거부하느라 바로 오는 열차도, 자리도, 신호등 파란불도, 엘리베이터도 한 번씩은 걸렀다. 이런 이상한 행동을 그동안 지켜봤을지도 모른다는 생각에 낯이 뜨거웠다.

역사에서 나오자마자 곧바로 바뀐 신호등 파란불 앞에서 나는 습관처럼 멈춰 섰다.

바로 건너지 않는 나를 보곤 그녀는 다 알고 있다는 얼굴로 앞질러 갔다. 그녀의 뒷모습을 보며 나는 확신했다. 하지만 상관없다. 어차피 사람들과는 관계를 피하거나 그도 안 되면 작정하고 불편하게 만드는 중이니까.

내가 시험 운이 좋아 능력에 비해 좋은 학교를 나왔으며 좋은 직장을 다니고 있는 건 사실이다. 그게 공정한지는 나도 모르겠다. 하여튼 시험 성적만으로도 잠재능력이 뛰어난 사람을 추려내고 평가할 수 있다는 획일적 방법이 이 사회에선 마치 공정한 잣대마냥 되어 있다. 나로선 운이 좋은 거지만 내가 그런 기준에 부합하는지는 의문이다.

나는 이 회사에 입사한 뒤로 눈에 띄게 능력을 발휘해본 적이 없다. 내가 생각해도 나의 업무능력은 평균치에도 미치지 못하고, 직장 동료들과도 잘 어울리지 못한다.

　다치거나 아픈 경우가 많다 보니 결근이나 조기 퇴근이 잦았는데, 그런 나를 고까워하는 직원들도 많다. 덕분에 상사들에게 밉보여 누구는 나를 잘라낼 구실을 찾고 있다. 그래도 능력에 비해 운이 좋아 그럭저럭 성과를 내다 보니 지금까지 운좋게 근근이 살아남았다.

　점심때가 가까워질 무렵 박 대리가 나타나 호들갑을 떨며 소식을 전했다.

　"오늘 구내식당 공사로 점심은 외부에서 먹으랍니다. 우리 오랜만에 사다리 타는 거 어때요? 사다리 타기 해서 맛있는 데 가요."

　다들 좋다며 들떠 환호성까지 질렀다. 같은 점심이라도 이런 뜻밖의 상황이 외식 같은 거라고 생각하는 것 같았다. 박 대리는 지체 없이 스마트폰 사다리 앱을 열었다. 2만 원부터 5천 원까지 금액을 설정하며 신이 나 있었다. 그런데 그중에 꽝이 있다는 게 나의 심기를 건드렸다.

　"과장님이 먼저 번호 고르시겠습니까?"

　박 대리가 스마트폰을 들이밀며 물었지만, 난 이들과 친해질 마음이 없다. 사람들과 친밀해지고 관계가 얽힐수록 행운에 노출될 확률이 높다. 그래서인지 공연히 심술이 났다.

"그딴 거 왜 하는 거야? 그냥 다 같이 국밥이나 먹어."

찬물을 뒤집어쓴 듯 분위기가 싸늘해졌다. 나의 호통치듯 하는 한마디에 다들 순순히 자리들로 돌아갔다. 뒤에서 욕은 하겠지만 거기까지다. 직장이라는 게 계급이 깡패니까.

결국 이 더운 날 국밥으로 통일해 점심을 먹었다. 좀 미안했던 탓에 커피는 내가 사기로 했다. 의기소침하던 직원들도 어느새 아무 일 없다는 듯 웃으며 수다를 떨었다. 남자 직원들이 여자 직원들을 앞에 두고 하는 시시콜콜한 연애 얘기나 들으며 아까운 점심시간을 낭비하는 게 불만이었지만 애써 참아 보기로 했다.

"주말에 혼자 여행을 다녀왔는데 길이 막혀서 네 시간 동안 도로에 갇혀 있었거든. 그런데 내비게이션이 말을 걸어주니까 너무 반가운 거 있지."

"저는 전화 상담원 목소리가 너무 예뻐서 한 시간 동안 통화한 적도 있어요. 애인이랑 통화하는 기분도 들고 무엇보다 절대적으로 친절하잖아요. 내 말에 싫은 내색도 안 하고."

"그냥 애인을 만드세요."

"소개팅이나 시켜주고 그런 말을 해. 나, 너무 외롭다."

다들 화기애애하고 즐거워 보였다. 맨 끝자리에 앉아 있었는데 내게서 등을 돌리고 앉은 옆자리 여직원이 나를 신경 쓰는 것 같았다. 속으로 말했다. 말 걸지 마. 너희들이 나 싫어하는 거 이미 알고 있으니까. 하지만 그녀는 눈치 없게도 나를 대화에 끌어들였다.

"과장님은 외롭지 않으세요? 왜 아직도 애인 없으세요? 빨리 아무나 만들어 장가가세요."

농담을 가장한 무례하기 짝이 없는 질문이었다. 여직원은 잔뜩 꾸민 미소를 짓고 있었고, 다들 입가를 실룩거리며 내게서 나올 말을 기다렸다. 그동안 내가 한 짓도 있고, 모든 건 뿌린 대로 거둬들이는 것뿐이니 기분 나빠 할 필요는 없었다. 나는 태연한 얼굴로 입술을 샐쭉거리며 말했다.

"외롭다고 아무나 붙잡고 만날 순 없잖아."

"에이, 너무 눈이 높으신 거 아니에요? 눈 좀 낮춰요. 과장님은 그 정도까진 아니에요."

비아냥거릴 거라면 좀 더 우회적으로 하길 바란다. 빤히 보이는 비난을 눈치채지 못할 만큼 아둔하진 않다. 차라리 아까 일에 대한 앙금이 남아서 그런 거라면 이해할 수 있었다.

"당신들도 눈 높잖아. 애인 고를 때 이것저것 따지고 고르면서 왜 나만 아무나 만나래?"

"저희는 아직 이십 대잖아요. 과장님은 이제 서른여덟인데 장가가려면 하향 지원해야죠."

"스무 살 때 김밥에 단무지 들어간 걸 싫어했는데 서른여덟인 지금도 김밥의 단무지가 싫어."

"그러다 금방 영감님 되세요. 우리 삼촌도 그러다 나이만 먹고 혼자 외롭게 사시던데."

"걱정해주는 건 고마운데, 그때 되면 AI 로봇이나 복제인간 기술로 애인을 만드는 시대가 오지 않을까? 그럼 적어도 내비게이션보다는 훨씬 나를 잘 위로해줄 것 같은데."

갑자기 분위기를 망가트리고 싶은 마음에 삽질을 좀 해야겠다는 생각으로 떠들기 시작했다.

"지금도 AI 스피커랑 대화 정도는 가능하지만 기술이라는 게 항상 우리 예상보다 빠르니까 가까운 미래에 곧 나올 것도 같은데? 솔직히 당신들이 만나는 애인들도 각자 수준에서 만날 수 있는 최선의 타협이지 이상형의 선택은 아니잖아."

"아니에요. 저는 지금 만나는 남자 친구가 제 이상형이에요."

여자 직원들의 반발에 나는 고개를 절레절레 흔들며 인정할 수 없다는 듯 말을 이었다.

"대부분 두세 단계 위가 진짜 이상형이지. 그런 이성이 욕심은 나지만 가질 순 없으니까 적당한 선에서 비슷비슷한 사람들끼리 만족하고 만나는 거잖아. 생각해봐. 사람들은 다들 눈이 높아. 그런데 어쩌겠어? 나의 이상은 저 위에 있는데 현실적인 선택지는 고작 여기잖아. 100% 만족이란 게 있을까? 그냥 적당히 좋은 점이 결핍을 앞서면 타협을 시도하는 거지. 이 정도면 괜찮네, 하고. 그런 타협조차 못 하고 혼자 사는 사람들은 내 이상형에 부합하는 AI 로봇이나 복제인간을 만나면 돼. 이건 애초부터 프로그램을 주입하기 때문에 결핍도 없어. 외모와 목소리는 물론이고 성격까지 내 타입이라 대화가 통하는 무결점의 애인이야. 내가 젓가락으로 반찬을 뒤적거려도 밥 먹을 때 쩝쩝 소리를 내도 하루 종일 게임을 해도 전혀 다툴 일이 없어. 만화방에서 같이 라면을 먹고 당구장에서 짜장면을 먹어도 주말 아침에 조기축구를, 밤에는 밤낚시를 가도 전혀 눈치 안 보고 함께 즐길 수도 있어."

얘기가 길어질수록 하나둘 불편하고 흥미 없다는 티를 내기 시작했다. 말을 잘라낼 적당한 구실을 찾지 못해 괴로워하며 내게 관심 가진 걸 후회하고 있을 것이다. 내가 이렇게 괴상한 사람으로 인식될수록 나를 귀찮게 하지 않을 것이다. 급기야 저희들끼리 다른 얘기로 화제를 돌렸지만 어찌 된 일인지 나는 얘기를 멈추고 싶지 않았다.

"여기서 중요한 건 AI도 이상형이 나라는 걸 완전히 믿어야 해. 처음부터 이상형을 나로 설정하는 거지. 그의 눈에는 내가 가장 멋있고 사랑스럽다고 프로그램을 깔아놓는 거야. 그래야 날 진심으로 사랑할 테고 서로가 만족할 수 있어. 척만 하는 건 감성이 없잖아."

이젠 아무도 내 얘기를 귀담아듣지 않았지만 나는 미친 사람처럼 신나게 떠들어댔다.

"인생도 미리 설정할 수 있어. 과거의 첫사랑도, 상처도. 물론 나와 반대의 성격을 이유로 헤어진 걸로 해야겠지. 나와 어디서 어떻게 만났는지도 중요해. 소개팅이나 클럽에서 만나는 건 너무 평범하잖아. AI는 절대 도구가 아니야. 서로가 많은 것을 공감하고 교감해야 해."

내가 정신없이 떠드는 가운데 별안간 나의 폭주를 멈추게 하는 목소리가 들려왔다.

"그래서 어떻게 만날 건데요?"

그저 환청이라 생각했다. 하지만 소리는 다시 귓가에 선명하게 들려왔다.

"어떻게 만난 걸로 설정하실 건데요?"

소리를 따라 맞은편에 앉은 이에게 시선이 돌아갔다. 오늘 아침 지하철에서 만난 계약직 직원이었다. 그녀는 호기심 가득한 두 눈을 반짝거리며 나의 대답을 기다렸다.

"응? 뭐…… 아직 거기까지 생각해보진 않았는데. 그냥 몽마르뜨에서 에펠탑 점등을 보고 내려오는 길에 들른 노천카페에서 만난 걸로 하면 어떨까? 나는 고고미술사학을 전공했고 그녀는 유학생?"

그녀는 살짝 들뜬 얼굴로 내게 다시 물었다.

"당연히 여성용도 있겠죠? 그럼 나는, 나의 자존감을 높여주고 나를 너무 좋아해주는 걸로 할래요. 내가 혼자 있으면 누가 나를 채갈까 봐 전전긍긍 나만 바라보는 설정으로."

어느 누구도 귀담아듣지 않는 내 얘기를 계약직 그녀는 흥미롭다는 듯 진지하게 들었다. 그저 실없는 소릴 한 것뿐인데 의도치 않은 반응이라 당혹스러웠다.

그 후로도 나는 수위를 높여 괴상한 말들을 나오는 대로 지껄였지만, 그녀는 내 입을 보며 놓치지 않고 경청했다.

누군가 내 얘기를 들어준다는 게 이렇게 속이 후련하고 평온해지는 건지 처음 알았다.

사무실에 돌아와서부터 계약직 그녀에게 관심이 가기 시작했다. 원래 저 자리였나? 아무리 내가 무심한 편이라지만 그녀가 입사한 지 2년이나 되었는데도 전혀 눈에 띄지 않았다는 사실이 놀라웠다.

오늘은 주말을 앞두고 부서 전체 회식이 있는 날이다. 나는 회식 자리가 내키지 않아 뭐라 핑계를 대고 빠질지 고민했다. 한동안 생각해봐도 마땅한 구실이 떠오르지 않았다. 오늘따라 핑계거리 찾는 것도 귀찮아 그냥 가고 싶지 않다고 대충 둘러댔을 뿐인데, 아무도 날 붙잡지 않았다.

불편한 인간이 된다는 건 어떤 면에선 편리할 때가 있다. 회식 자리에 나 같은 안주거리는 꼭 필요하다. 모두가 일치된 의견으로 나를 씹어대다 보면 그 끝엔 끈끈한 유대감이 형성되며 진정한 회식의 의미를 충족시킬 것이다. 내가 빠져주는 게 화목한 회식 자리에 공헌할 수 있는 유일한 방법이다.

다들 들뜨고 분주한 가운데 나는 퇴근을 서둘렀다. 그런데 뭔가 잘못된 것처럼 어수선해 보였다. 들어보니 회식 자리를 미리 예약하지 않아 낭패를 보고 있는 것 같았다. 나와는 상관없는 일이니 모른 척하려 했다. 그러나 예약 실수를 범한 직원이 계약직 그녀라는 소리에 이상하게 신경이 쓰였다.

그러거나 말거나 내 갈 길을 가려 했으나, 마침 회식 장소가 집으로 가는 길목에 있어 호기심에 가게를 들여다보았다. 예상대로 계약직 그녀는 얼굴이 하얗게 질린 채 식당 사장에게 애걸복걸 사정하며 매달리고 있었다. 이곳은 이 근방에서도 회식 장소로 인기가 많은 식당이었다. 더구나 금요일 저녁 단체석은 예약 없이 불가능했다.

그녀가 쩔쩔매는 걸 보고 있자니 괜히 안쓰러운 마음이 들어 발걸음이 떨어지지 않았다. 잠깐 망설이다 에라, 모르겠다, 하는 심정으로 식당 문을 열고 들어섰다.

갑작스레 내가 나타나자 그녀는 무슨 영문인지 몰라 하다가 아차 싶었던지 꾸벅 인사부터 했다. 넋이 빠진 얼굴이 애처로웠다. 내가 '단체 자리 없어요?' 하고 묻자마자 기다렸다는 듯 곧바로 예약 취소 전화가 걸려왔고, 우리가 단체 자리를 차지할 수 있었다.

새파랗게 질려 있던 그녀 얼굴에 돌연 화색이 돌았다. 사람 얼굴이 저렇게 백팔십 도 바뀌다니. 그저 신기하기만 했는데, 그걸 보고 기분이 좋아지는 내가 더 신기했다.

회식은 순조롭게 진행되었다. 다만 예상치 못한 나의 참석을 불편해하는 직원들이 있었다. 노골적으로 싫은 표정을 숨기지 못하는 직원들. 그중엔 내 면전에서 귓속말을 주고받으며 저 사람이 왜 여기 왔냐고 다 들리게 속닥거리는 예의 없는 자들도 있었다. 역시 오는 게 아니었다. 적당히 앉아 있다 가려 했으나 예정에 없던 윤 상무의 등장으로 빠져나갈 기회를 놓쳤다.

윤 상무는 초대받지 않은 자리에 불청객처럼 나타나 군림하는 놀이를 즐기는 자였다. 그는 계약직 그녀를 불러다 옆에 앉혀놓고 싱거운 소리로 떠들었다.

"자네가 이 장소 예약했다며? 여기 예약 잡기 어려운데 능력 있는 친구네. 계약직?"

윤 상무가 대놓고 묻자 그녀는 슬쩍 시선을 피했고 옆에 있던 부장이 거들며 나섰다.

"다음 주면 2년 차라 계약이 종료됩니다. 상무님이 힘 좀 실어주십시오."

"재계약 신청은 했고? 근데 그까짓 재계약 안 하면 어때? 회사가 여기만 있는 것도 아닌데. 아직 청춘이고 열정이 있는데 뭘 걱정이야. 아프면서 성장하는 거라며. 다 잘 되겠지."

윤 상무의 하나 마나 한 조언에 그녀는 가만히 쓴웃음을 지었다. 어쩐지 그녀도 몹시 이 자리를 뜨고 싶어 하는 것처럼 보였다.

"그건 그렇고 내가 오는 길에 선물을 사 왔어. 다들 하나씩 나눠 갖도록."

윤 상무가 즉석복권을 한 뭉치 꺼내 모두에게 나눠주었다. 그리고 내 앞에도 복권이 한 장 놓였다. 별안간 날아든 위협에 나는 돌처럼 굳어졌다. 젠장, 내 이럴 줄 알았다. 사람들과 얽힐수록 위험에 노출되기 십상이다. 이것이 내가 사람들과의 관계를 극도로 거부하는 이유다.

어느새 모두가 집중해서 복권을 긁는 시간을 가졌다. 지금 눈앞에 이 복권이 당첨이 될 거라는 사실을 안다. 행운은 늘 악마처럼 속삭이듯 다가온다. 내가 복권에 손도 대지 않고 난감해하자 옆자리 박 대리가 눈치 없이 물었다.

"왜 안 긁으세요? 동전 빌려드려요?"

"됐어, 그냥 둬!"

"제가 긁어드릴게요. 줘보세요."

박 대리가 허락도 없이 복권을 집어 들어 긁으려 하자 나도 모르게 소리쳤다.

"그냥 두라고 했잖아!"

당황한 나는 낚아채듯 복권을 다시 빼앗아 갈기갈기 찢어 발겼다.

덕분에 모두의 시선이 내게 쏠렸다. 윤 상무는 얼굴이 붉으락푸르락 귀까지 붉게 달아올랐다. 이건 도저히 어떻게 무마해볼 수 있는 상황이 아니었다. 수습하는 걸 포기한 나는 목례만 하고 도망치듯 자리를 빠져나왔다. 어쨌든 숨 막히는 자리를 벗어나니 한결 홀가분했다.

열차에 올라 집으로 가는 길에 옆에 서 있는 계약직 그녀를 발견했다. 그녀도 나를 따라 탔다는 걸 뒤늦게 알았다. 마침 내 앞에 자리가 생겨 손짓으로 먼저 앉으라고 했지만 그녀는 극구 사양했다. 우린 나란히 선 채 멀뚱멀뚱 어두운 창밖만 내다보았다. 그녀가 어색한 분위기를 깨며 먼저 물었다.

"저랑 같은 역에서 타고 내리는 거 아세요? 설마, 제 이름은 아시죠?"

몰랐다. 그래서 한편으로 미안했다.

그리고 그녀는 나와 같은 역에서 내렸다. 함께 있는 게 불편하게 느껴져 대충 인사하고 서둘러 자리를 뜨려고 했다. 그녀가 나를 붙잡으며 말했다.

"저기 과장님, 동네 이웃끼리 술 한잔 더 하실래요?"

뜻밖의 제안이라 나는 고민했다. 가깝게 지낸 적도 없는 직장 상사와 부하 직원이 느닷없이 술자리를 갖는 게 자연스러운 일인가? 심지어 이름도 오늘에서야 알았는데, 이건 아니지.

"미안하지만, 다음에 합시다."

예의를 갖춰 정중하게 거절하는데도 그녀는 쉽게 물러서지 않았다.

"다음 주면 계약도 끝나고, 재계약이 되면 모를까 그렇지 않으면 다음은 없어요."

기분에 그런 건지 모르지만 마치 오늘을 작정이라도 한 것처럼 보였다. 더구나 그녀 말대로 다음은 없어 보였다. 재계약이면 정규직인데 안타깝게도 이 회사는 한 번도 계약직을 정규직으로 전환한 적이 없다. 나는 인정이 많은 성향도 아닌데 왜 마음이 쓰였는지 모르겠다.

생각해보면 직장 동료고 이웃이기도 하니 술 한잔 정도는 나쁘지 않겠다는 생각도 들었다.

평소 나답지 않은 태도였지만 그녀의 손에 이끌려 동네 횟집으로 들어갔다. 평범한 양식 광어와 소주를 한 병 시키고 기다렸다. 어색한 분위기는 장소를 옮겨도 마찬가지였다. 불편하던 차에 또 그녀가 먼저 입을 열었다.

"퇴근할 때 과장님이랑 같이 내린 적 많아요. 한번은 말을 걸어야지 생각만 하고 있었는데 오늘 드디어 해냈네요. 제가 이 동네 사람이 아니어서 동네 친구가 없거든요. 알고 지내면 좋잖아요."

"원래 집은 어딘데?"

"부산이요. 김해공항 근처. 지금은 이 근처에 자취하는데 거기도 계약이 다음 주까지예요."

"재계약 안 했어?"

"아마 정규직도 안 될 텐데요, 뭐. 집세도 비싼데 일단은 고향에 내려가야죠."

퍽 침울한 대답이 돌아오자 내가 잘못한 것도 아닌데 괜히 미안했다.

때마침 주문한 회 접시가 테이블에 놓여 분위기 좀 바꿔볼까 싶었는데 그럴 수가 없었다. 대충 봐도 이건 평범한 양식 광어가 아니었다. 잘못 나온 게 분명했다. 내가 뒤돌아 손을 들어 종업원을 부르려 하자 그녀가 말릴 틈도 없이 회를 서너 점 입에 집어넣었다. 뒤늦게 사장이 뛰쳐나와 당혹스러워하며 말했다.

"아이고 손님, 저희가 실수로 자연산 다금바리를 드렸습니다. 이를 어쩐다. 이런 이미 드셨구나……. 저희 실수니까 그냥 맛있게 드세요."

사장이 허탈해하며 주방으로 돌아가자 나는 그녀에게 물었다.

"잘못 나온 것 같았는데 왜 그렇게 서둘렀어? 몰랐던 거야?"

그제야 한껏 여유를 찾은 그녀가 소주병을 따고 한잔 따라서 쭉 들이켜고는, 해냈다는 듯 흡족한 미소로 대답했다.

"저 부산 출신이에요. 광어와 다금바리 정도는 구별합니다. 오늘 운수가 좋네요."

나는 어이가 없었지만 환하게 웃는 그녀를 보자 마음이 저절로 편안해졌다. 회사에선 좀처럼 보기 힘들지만 그녀는 웃을 때 얼굴이 활짝 펴지는 것처럼 보였다.

"궁금한 게 있는데요, 과장님은 지하철 출구를 나가시면 감쪽같이 사라지시던데, 어디로……?"

"어디긴, 집에 들어가지. 우리 집이 1번 출구 앞이거든."

"1번 출구 앞에 있는 이층집 말씀하시는 거예요? 거기가 과장님 집이에요? 혼자 사신다고 들었는데, 혹시 자가예요?"

그녀는 입에 집어넣은 다금바리를 씹을 생각도 못 하고 질문을 쏟아냈다. 어깨를 으쓱하며 얼버무리려 했지만 딱히 부정하고 싶지도 않아 대답 대신 술잔을 비웠다.

"부럽다, 집도 있고. 거기 지하철역 바로 앞이라 비싸죠?"

"내가 매매할 때는 지하철도 없었을 때라 집은 3억 정도면 살 수 있었어. 처음엔 그 집 2층에 1억 전세로 살고 있었고. 1층에 살던 집주인이 1억만 더 주면 자기가 1억 전세 세입자로 살 테니까 나보고 집주인 하라더라고. 그래서 집 담보로 1억 대출 받아서 내가 주인 하고 그 사람이 세입자가 된 거야. 그런데 갑자기 집 앞에 8차선 도로가 생기더니 지하철역도 생기면서 집값이 확 올라버리네. 세입자가 된 집주인은 혈압이 확 올라서 이사 가버리고 지금은 나 혼자 살아."

"운수대통 하셨네요."

"운수대통은 무슨…… 그 덕에 사자한테 물려 죽을 뻔했는데."

"사자요?"

"근처 동물원에서 탈출한 사자 한 마리가 우리 집 앞마당으로 뛰어들어 내 다리를 물었어."

"네? 그러고 보니 뉴스에서 본 것도 같고……. 설마 그게 과장님이라고요? 와, 신기하다."

기억을 떠올리자 물린 다리가 괜스레 욱신거렸다. 남의 쓰린 속도 모르고 그녀가 해맑게 물었다.

"사자는 왜 탈출한 거래요?"

"밀림으로 돌아가고 싶었대. 얘가 동물원 태생이 아닌 야생에서 잡힌 애라 향수병이 심했나 봐. 사육사가 말해줬는데 사자 놈이 탈출하려고 무려 반년 동안 미친 척을 했대."

"미친 척이요?"

"염소마냥 풀떼기만 뜯어먹고. 뱀처럼 혀를 날름거리며 기어다니고. 개처럼 멍멍 짖었다더라고."

그녀는 내 말이 미심쩍은 듯 눈살을 찡그렸지만 나는 계속해서 말을 이어나갔다.

"그렇게 하면 저를 고향으로 파양할 거라 믿었던 거겠지. 그러다 사육사가 방심한 틈에 탈출해서 우리 집까지 왔고, 거기서 나를 본 거지. 얘도 놀라서 일단 달려들어 다리는 물었는데 나랑 눈이 마주치니까 살짝 흔들리더니 쓱 입을 떼더라고. 한동안 안 먹던 고기를 먹으려니 낯설었나?"

"에이, 거짓말."

"진짜야. 그러니까 다리가 멀쩡하지. 사자가 물고 당겼으면 살점이 다 뜯겨져 나갔을걸?"

"그래서 보상은 받았어요?"

"보상? 당연히 받았지. 동물원은 평생 공짜야."

그녀는 느닷없이 깔깔거리며 웃기 시작했다. 우리는 그렇게 한참을 시답잖은 얘기들로 시간을 허비했다. 나 역시 누군가와 이런 시간을 보내는 게 얼마 만인지 기억나지 않지만 그런대로 기분이 괜찮았다. 그녀가 화장실 간 틈에 잘못 나온 다금바리 값을 지불하는 것도 잊지 않았다. 그래야만 내게 닥쳐온 행운도 없던 일이 되는 것이다.

우리는 헤어지기 위해 다시 지하철역 1번 출구 앞으로 돌아왔다. 그녀는 우리 집 대문 앞에 멈춰 서서 환하게 웃으며 말했다. 잠깐 사이 나랑 친해졌다 착각이라도 한 듯한 말투였다.

"진짜 출구 앞이네. 저 여기서 하숙하면 안 돼요? 역도 가깝고 위치도 너무 좋은데 2층에 싸게 안 될까요? 저도 만화방에서 라면 먹고 당구장에서 짜장면 먹는 거 좋아하는데."

눈을 동그랗게 뜨고 올려다보자 나는 또 주책없이 심장이 뛰기 시작했다.

"제가 잘해드릴게요."

잘해주긴 뭘? 장난스런 목소리로 새침떼기처럼 말하는 그녀에게 샐쭉거렸지만 의지와 상관없이 내 심장은 이미 바닥으로 툭 떨어졌다. 바닥에 떨어진 심장은 데굴데굴 굴러가 사람들 발에 이리저리 채이고 있었다.

숨결이 느껴질 만큼 가까운 거리에서 보니 그녀는 아직 앳돼 보이는 얼굴이었다. 투명한 피부는 하얗게 빛을 발했다. 나는 흔들리는 속내를 감추며 서둘러 대충 인사하고 집으로 들어갔다.

"월요일에 봅시다."

다음 날, 불행을 피하기 위해 하루 온종일 집에만 틀어박혀 있었는데 샤워를 마치고 나오다 뒤로 넘어지면서 코가 깨졌다. 그렇게 조심을 했건만 행운의 대가는 늘 이렇게 정확했다. 주말 내내 드러누운 채 아무것도 하지 않았다.

코에 붕대를 하고 출근했지만, 다들 크게 놀라는 기색은 없었다. 내가 이러고 나타난 적이 한두 번이 아니다 보니 더 이상 이유를 묻지도 않았다. 그냥 그러려니 하는 모양이었다.

그녀가 복사기 앞에서 출력을 하고 있는 게 눈에 들어왔다. 나와 눈이 마주치자 그녀는 활짝 웃으며 친근하게 굴었다. 그러다 금세 사무적인 표정으로 돌아갔다.

어느 장소, 어느 자리에서든 그녀는 항상 제일 먼저 눈에 들어왔고 자꾸만 신경이 쓰였다. 잠시 그녀에게 특별한 감정을 품은 건 아닐까 혼란스러웠지만, 나는 회사 사람과는 사적인 관계를 원치 않는다. 다행히도 이번 주는 정신없이 바빴던 탓에 일주일이 금방 흘러 어느새 금요일이 찾아왔다.

"이거 월요일까지 부탁해."

박 대리가 그녀에게 업무를 지시하자 그녀는 난감해하며 머뭇거리다 입을 열었다.

"저…… 오늘까지입니다. 계약이……."

박 대리는 뒤늦게 알아차리고는 대강 얼버무리며 자리를 피했다.

나 또한 유달리 바쁜 일주일을 보내느라 미처 생각하지 못하고 있었다. 그녀는 결국 재계약을 하지 못했고 출근은 오늘까지였다. 갑자기 오늘 떠난다는 생각이 들어서일까…… 희한하게도 애간장이 타며 입술이 말랐다.

퇴근 시간이 다가오자 몇몇은 그녀에게 다가와 형식적인 인사나마 전하고 돌아섰다. 대부분은 이런 상황을 불편해하며 애써 모른 척했다. 물론 회식도, 송별회도 없었다. 매정한 인간들. 2년을 함께 일했는데 저렇게 마무리를 한다고? 그녀도 덤덤한 얼굴로 짐을 챙기며 2년 동안 머물렀던 자리를 정리했다.

내가 잠시 자리를 비운 사이 그녀의 모습이 보이지 않았다. 벌써 떠났다는 사실에 당황한 나는 앞을 가로막고 떠드는 박 대리를 밀치며 서둘러 뛰쳐나갔다.

회사 앞 횡단보도에 어깨를 늘어트린 채 신호를 기다리는 그녀를 발견하자 나는 안도했다. 뒷모습이 몹시 서글퍼 보였다. 그럴 만도 할 것이다. 2년 동안 열심히 일했는데 이런 식으로 끝나는 게 무척 허무할 것이다. 뭐라 위로라도 해주고 싶었지만 딱히 떠오르는 말이 없었다. 그저 그녀의 뒤를 졸졸 따르며 오늘만큼은 나의 좋은 기운을 나눠주기로 했다.

나보다 한 걸음 앞서 걷는 그녀가 지나는 신호등은 곧바로 파란불이 켜지고 지하철도 플랫폼에 들어서자 바로 나타났고 자리도 금세 생겼다. 내가 가까이 있었지만 그녀는 나를 전혀 눈치채지 못했다. 지금은 내가 옆에서 말을 걸어도 들리지 않을 것이다. 내색은 안 했어도 재계약 실패는 꽤 충격이 컸을 테니.

열차에서 내려 출구로 올라서는데 어느새 빗줄기가 거세게 퍼붓고 있었다.

그녀는 짐이 든 박스를 두 손에 들고 서서 어쩔 줄 몰라 했다. 이런 날 비까지 쫄딱 맞으면 기분이 더 처참할 것이다. 나는 그녀의 무너진 마음을 조금이라도 어루만져주고 싶었다. 잠깐 동안 망설이긴 했지만 결심이 서자 그녀 옆으로 다가가 넌

지시 말했다.

"술 사줄까? 생각 있으면 따라와."

그러곤 내가 출구 밖을 나서자 무섭게 쏟아붓던 폭우가 언제 그랬냐는 듯 뚝 그쳤다. 갑작스런 날씨 변화에 어리둥절해하면서도 그녀는 나를 따라나섰다.

우리는 동네 어귀의 오래된 생맥주집을 찾았다. 나의 오랜 단골집이었다. 이 집에 오면 항상 부추김치에 싸먹는 훈제족발을 주문했다. 오늘은 일행도 있으니 특별히 먹태와 함박스테이크도 시켰다.

어색하긴 했지만 마땅한 말이 떠오르지 않아 우린 말없이 각자 생맥주를 세 잔씩 비웠다. 저녁때가 되니 배도 고프고 해서 우선은 안주로 허기부터 채우기로 했다.

"이제 어떻게 할 거야?"

어색한 분위기 속에서 내가 먼저 무심하게 말을 꺼내자 그녀도 담담한 어조로 대답했다.

"월요일에 부산 내려가야죠. 여기 집도 계약이 끝나서 다시 취업할 때까지는 당분간."

서글퍼 보이던 뒷모습과 달리 그녀는 얼굴 가득 자신감이 넘쳐흘렀다. 지금이 시련일 수는 있겠지만 이를 상쇄할 만큼 그녀는 아직 젊었다. 그것은 젊은 시절의 특권이고 새로 시작할 수 있다는 동력이다.

"이거 가지실래요?"

그녀가 지갑에 들어 있던 2달러짜리 지폐를 꺼내며 말했다.

"행운의 2달러예요. 계약직 2년 동안 지갑에 넣고 다니면 정규직이 될 거라고 동생이 줬는데 꽝이네요. 행운부적도 효과 없는 것 같고. 제가 원래 운이 진짜 없는 편이거든요."

그녀가 지갑에서 부적도 꺼내 북북 찢어버렸다.

행운의 2달러를 받아들고 앉아 있는 게 어이가 없어 나도 모르게 헛웃음이 나왔다. 갑자기 옆 테이블이 소란스러워 돌아보니 한 무리의 남자들이 이쪽을 보며 저희들끼리 수군덕거렸다. 그중 한 남자가 다가와 그녀에게 말을 걸었다.

"실례지만 그쪽이 마음에 들어서 그런데 연락처 좀 알려주실 수 있으세요? SNS라도요."

눈앞에서 일어난 황당한 상황에 나는 어이없기도 하고 불쾌하기도 했다. 아무리 젊다는 게 무기라지만 이렇게 무례할 수가 있나? 내가 안중에도 없다는 건가? 남녀가 단둘이 버젓이 앉아 있는데 아무런 사이가 아닐 거라 단정 짓고 집적거리다니.

물론 우리가 나이 차이가 조금 있긴 해도 나는 어디 가서도 나이에 비해 어려 보인다는 소릴 주로 듣는 편이다. 설사 지금 상태가 퇴근 후 찌들어 있는 직장인의 몰골이라 할지라도 이런 취급을 당할 정도로 형편없진 않다. 나는 노골적으로 불쾌감을 드러내며 개념 없는 이 젊은 남자를 쫓아내려고 했다.

"저기요, 그냥 가세요. 이 친구 남자 싫어하니까 가세요."

내가 대놓고 불쾌한 티를 내는 데도 말귀를 못 알아들었는지 그는 한참을 더 질척거리며 끝까지 버티다 결국 물러섰다. 가만히 지켜보던 그녀가 화사하게 웃으며 내게 물었다.

"과장님, 저 남자 안 싫어하는데요?"

"어? 뭐 진짜 그렇다는 뜻은 아니고…… 저런 놈들 조심해야 해. 연쇄살인범일지 어떻게 알아?"

방해꾼이 있었지만 우린 금세 술자리에 집중했다.

술자리 내내 그녀는 내가 걱정했던 것보단 멀쩡해 보였다. 덕분에 우리는 가벼운 마음으로 조촐한 송별회를 이어갈 수 있었다. 그 와중에도 옆 테이블 젊은 남자는 포기가 안 되는지 호시탐탐 내가 자릴 비우기만 기다리는 것 같아 몹시 거슬렸다. 맥주를 마신 탓에 방광이 터질 것 같았지만 꿋꿋하게 버티고 앉아 경계를 늦추지 않았다. 허나 저들도 떠날 생각이 없어 보였고 이대로 더 버티다간 전립선에 무리가 갈 게 분명했다. 어쩔 수 없이 최단 시간에 조금의 틈도 주지 않고 다녀오기로 마음먹었다.

이 집의 단칸 화장실은 한 사람만 이용할 수 있는 구조였기 때문에 안에 있는 사람이 나오기만을 기다리며 언제든 뛰쳐나갈 준비를 했다. 화장실에 신경이 쏠려 있다 보니 그녀가 뭐라 얘기를 하고 있었지만 귀에 들어오지 않았다. 대답도 건성으로 했다. 마침 사람이 나오는 것을 보고 곧바로 부리나케 달려나갔다. 한창 얘기 중이던 그녀의 목소리가 뚝 끊겼지만 그런 걸 신경 쓸 틈이 없었다.

나는 화장실로 들어서는 것과 동시에 바지 지퍼부터 내리며 재빠르게 소변기 앞에 섰다. 온 힘을 다해 몸 안의 수분을 뽑아냈다. 소변 줄기가 좀처럼 멈추지 않아 초조했지만 그렇다고 중간에 끊을 수도 없었다.

드디어 볼일을 마치자 서둘러 지퍼를 올렸다. 화장실을 나가기 전에 손부터 씻는 것도 잊지 않았다.

내가 무서운 속도로 달려 자리로 다시 돌아오자 그녀는 살짝 놀란 듯 입을 에, 벌리고 보았다. 그녀가 나를 이상하게 보는 것도 상관없을 만큼 나는 성취감을 느꼈다. 무엇보다 기회를 놓쳐 실망하는 젊은 남자를 조롱 섞인 눈으로 흘기며 통쾌해했다. 그런 가운데 또 한 무리의 방해꾼이 우리 자리로 다가왔다.

"실례합니다. 잠시 시간 괜찮으실까요?"

그들은 어느 맥주회사에서 신제품 홍보를 위해 나왔다고 자신들을 소개했다. 준비해온 회전판을 돌려 경품을 주는 이벤트로 그녀의 관심을 끌었다. 내키지 않았지만 이런 것까지 쫓아내기에는 지나치게 유난을 떠는 것 같아 잠자코 있었다. 무엇보다 이 자리는 그녀를 위로하는 자리이기도 하니 기대에 부푼 그녀의 기분을 더더욱 망치고 싶지 않았다.

그녀가 재밌다는 듯 웃으며 회전판을 돌렸다. 동그란 원이 경품에 따라 다른 크기로 나눠져 있었다. 그 안엔 '꽝'도 있었고 '신제품 맥주 한 병'이 가장 큰 면적을 차지하고 있었지만, 예상대로 거의 불가능한 확률로 보이는 '술값 계산'에 화살표가 멈췄다.

나는 생각이 복잡해지면서 걱정이 앞섰다. 그러나 그녀가 소리치며 기뻐하는 모습을 보니 산통을 깨고 싶지 않았다. 그들이 술값을 계산하는 걸 가만히 내버려둘 수밖에 없었다. 그래선 안 되는 거였다. 하지만 나 또한 오늘만큼은 오롯이 즐기고 싶었는지도 모른다.

내내 긴장 속에 살며 스스로를 옥죄어왔지만, 지금은 경계심도 느슨해지고 어쩐지 속박으로부터 해방되는 기분도 들었다. 그동안 멀쩡한 척했을 뿐 침전물처럼 쌓인 외로움은 감당할 수 없을 정도로 나를 짓누르고 있었다. 살짝 취기도 오르고 감정도 흔들린 탓인지 이따금씩 나를 바라보는 그녀의 부드러운 눈길이 심장을 간질였다.

우린 밖으로 나와 한적한 길을 걸으며 산책을 했다. 도시는 한차례 퍼부었던 빗물에 씻겨 청결했고 밤공기는 제법 선선해져 또다시 한 계절이 흘러가는 것 같았다. 기분 좋은 저녁 날씨에 오랜만에 상쾌한 기분을 만끽했다.

나는 모두가 멀리하는 괴팍스런 인간이지만 유일하게 그녀는 아무 거리낌 없이 나를 대해주었다. 그녀는 언제나 화사했고 함께 있으면 평온한 기분이 들어 좋았다. 우린 편의점 야외 테이블에 앉아 컵라면에 소주를 나눠 마시며 자리를 이어갔다.

그녀가 잠시 자리를 비운 사이 가만히 앉아 낯익은 거리의 풍경을 바라보며 흥겨워했다. 그 와중에도 노란 오만 원권 한 장이 길바닥을 구르며 지겹도록 나를 유혹했다. 나도 모르게 실소가 터져 나왔다. 그녀가 편의점에서 숙취 음료를 사 들고 나와 한 병을 내 앞으로 밀었다.

"저희 집이 김해공항 근처라 가끔 비행기를 타고 내려가는데 아직 다른 공항은 가본 적이 없어요. 남들은 고향 집에 가면 편하고 좋다는데 저는 그렇지가 않아요. 비좁은 집이어도 여기가 더 편하고 좋아요. 그래서 비행기 타고 집에 갈 적마다 그대로 더 멀리 가고 싶어요."

"어디로 가고 싶은데?"

"음, 하와이 사람들은요, 비가 내리기 때문에 무지개도 뜨는 거라고 한대요. 가보고 싶어요, 하와이. 비도 맞았는데 무지개는 봐야죠."

어렸을 적 하와이는 막연한 파라다이스 같은 곳이었다. 그 감상은 나이가 든 지금도 크게 달라지지 않았다. 막상 가보면 별거 없겠지만 그동안 왜 안 가봤을까, 공연히 후회가 되었다. 그녀가 나를 빤히 보며 도발적으로 말했다.

"우리 기회 되면 같이 가요, 하와이."

나는 숙취 음료 뚜껑을 열어 단번에 들이키다 하마터면 그대로 그녀의 얼굴에 뿜을 뻔했다. 처음엔 잘못 들었나 싶어 귀를 의심했지만 그녀는 돌려 말하는 법이 없었다. 하지만 아무리 멀쩡한 척 말했어도 목소리만은 떨리고 있었다. 바로 그때 숙취 음료 병뚜껑에 쓰인 문구를 발견하고 나는 얼굴이 사색이 되었다.

뚜껑 안쪽에 붉은색으로 크게 쓰인 '하와이 여행권 당첨' 글자가 어쩐지 서글퍼 견딜 수가 없었다.

"싫으면 말고요. 과장님도 비를 많이 맞으신 것 같아서 그냥한번 물어본 것뿐이에요."

시무룩해진 기색을 느꼈는지 그녀는 웃어넘기듯 말했다. 그러나 이미 내 머릿속은 하얗게 변해 아무 말도 들리지 않았고 가만히 발끝만 응시하는 게 고작이었다.

마음의 문을 굳게 닫고 세상과도 섞이지 못한 채 혼자 떠돌며 간신히 살아왔다. 그런 나에게 그녀는 길을 잃고 헤매다 막다른 길에서 만난 사람처럼 반가웠다. 길을 물어볼 사람을 만나 기뻤지만 누군가 내 귀에 대고 너는 한가로이 그런 호사를 누릴 처지가 못 된다며 고함치는 것만 같았다. 현기증이 일고

숨이 가빠오며 의식이 점점 멀어졌다. 그러다 또렷한 그녀의 목소리가 귓가에 들려왔다.

"과장님, 언제 부산 한번 오세요. 제가 맛있는 거 사드릴게요."

내 인생은 진창에 빠진 지 오래였고, 위협에 무수히 길들여졌는데도 여전히 위태롭다. 누군가와 깊은 관계를 맺는다는 것은 감당키 힘든 위협에 직면하는 것을 의미한다. 나는 일부러 얼굴에 미소를 띠고 말했다.

"그동안 고생했어. 고향에는 조심해서 내려가."

갑자기 딱딱하게 돌변한 태도에 그녀는 적잖이 당혹스러워하는 것 같았다. 눈빛에선 설핏 애절함도 느껴졌지만 난 냉정을 유지하며 차갑게 대했다. 이렇게 끝내는 건 괴로운 결정이어도 반드시 그래야만 한다. 그녀는 내게 가장 큰 위협이 될 것이니까.

내 안에 들어온 그녀는 내 삶에 가장 큰 행운이니까.

허망하게 그녀를 떠나 보낸 다음 날, 나는 흔치도 않은 말라리아에 걸려 고생했다. 주말 내내 심한 열병으로 허우적거리다 겨우 정신을 차렸다. 열병을 앓고 나니 오히려 정신이 맑아지는 것 같았다.

낡은 집의 창을 열면 거리를 지나는 사람들을 내려다볼 수 있었다. 저마다 타인과 관계를 맺으며 유기적으로 얽혀 살아가고 있었다. 하지만 나는 다시 스스로를 고립의 방에 가두고 그저 떠도는 구름과 스치는 바람만 허락할 수 있는 쓸쓸한 인간이 되어 가만히 부서져가는 삶으로 돌아왔다.

다시 월요일. 반복되는 의미 없는 하루로 돌아와 꾸역꾸역 출근 열차에 올랐다. 열차는 오늘도 어김없이 제시간에 왔고 내가 타는 열차 칸은 늘 한가했다. 회사 앞 횡단보도 신호등도 기다렸다는 듯 내 앞에서 파란불이 켜진다.

사람들이 서둘러 지나는 횡단보도에 오늘도 나는 혼자만 멈춰 선 채 깜박거리는 신호등 불빛을 지켜보았다. 오늘따라 내 처지가 유난히 처량했다. 구름 한 점 없이 텅 빈 하늘을 올려다보며 얼굴로 쏟아지는 아침 햇살을 고스란히 맞았다. 그러다 문득 주머니에 든 뭔가를 꺼내 보았다. 하와이 여행권에 당첨된 숙취 음료 병뚜껑이다.

지난밤에 좋았던 기억이 스며 오르고 불현듯 그녀를 붙잡아야겠다는 생각이 걷잡을 수 없이 간절해졌다. 나는 무작정 달리기 시작했다. 숨이 턱에 차오르고 몸은 무거웠지만 떠나기 전에 반드시 붙잡아야 한다. 나는 기어코 그녀와 무지개를 봐야겠다는 열망으로 오른손에 병뚜껑을 움켜쥐고 쉼 없이 달렸다.

연락처도 모르고 언제 어디로 떠날지 전혀 알 길이 없지만 우연인 듯 운명 앞에 나를 스스로 던져보기로 했다. 그녀의 집이 김해공항 근처라 했으니 비행기를 타고 갈 확률이 가장 높다. 혹은 지금의 집과 버스터미널이 가까우니 버스를 타고 갈 확률도 적지 않다. 그렇다면 나는 가장 확률이 낮은 선택지라 할 수 있는 서울역 앞에서 그녀를 막연히 기다려보기로 했다.

어쩌면 운이 좋아 우연처럼 만날지도 모른다.

도적

자고 일어나면 인생이 달라져 있기를 바란다.

늦은 밤까지 글을 쓰다 책상에 엎드려 쪽잠에 들었다가 새벽녘에 눈이 떠졌다. 눈을 뜨면 누가 대신 글을 써두었길 빌었지만 노트북의 커서는 첫 줄에 머문 채 깜박이기만 했다. 마치 길을 잃은 내 인생처럼.

나도 한때는 인터넷 로맨스 소설 작가로 잘 나가던 때가 있었다. 당시엔 중고등학생 팬덤도 상당했고 책도 많이 팔았지만 지금은 한낱 과거의 영광일 뿐이다.

오늘따라 집이 낯설다. 스탠드 조명의 주광색 차가운 빛을 보고 원래 전구 색이 따뜻한 노란빛 아니었나, 떠올리며 고개를 갸웃했다. 아침은 간단히 시리얼로 때우려고 냉장고를 열었는데 우유가 조금밖에 남아 있지 않았다. 어제 분명 마트에 들러 우유를 사다둔 걸로 기억하는데 이상했다. 자꾸만 기억이 가물가물해져 걱정이다.

나는 출판사와의 약속에 늦지 않으려고 서둘러 지하주차장으로 내려갔다. 주차된 차를 찾지 못해 헤매느라 시간을 허비했다. 어이없게도 차는 지하가 아닌 지상주차장에 있었다.

도로로 나서자 정체가 심해 마음이 초조해졌다. 유난히 거리도 낯설게 느껴지는데 라디오에서는 김광석이 부른 〈어느 60대 노부부의 이야기〉가 흘러나오고 있었다. 잔잔한 노래 덕분에 조급하던 마음이 안정되는 것 같았다. 노래가 끝나고 라디오 DJ의 멘트가 이어졌다.

"언제 들어도 마음을 적시는 곡입니다. 그의 노래는 우리의 특별한 시절들과 함께 보내는 것 같아요. 군대에 있을 때는 〈이등병의 편지〉를, 서른 살엔 〈서른 즈음에〉를 들으며 울고 웃었던 기억이 납니다. 김광석 씨가 이 노래를 부를 당시에 서른한 살이었는데 내년이면 드디어 육십 세가 되니 이 노래를 더욱 잘 부를 수 있을 거라며 농담을 하시더군요. 김광석 씨의 데뷔 38주년 기념 콘서트가 세종문화회관에서 열립니다. 이어서 김광석 씨의 새로운 신곡을 들려드리겠습니다."

처음엔 잘못 들었나 귀를 의심했다. 그리고 라디오에서 생전 처음 들어보는 김광석의 노래가 흘러나왔다. 목소리는 분명 김광석이 맞는 것 같은데 한 번도 들어본 적 없는 노래였다. 잠깐 어리둥절하고 혼란스러웠지만, 문득 짐작 가는 게 있었다. XR(확장현실) 기술을 활용한 딥페이크 기법으로 고인이 된 가수들을 소환하는 걸 본 적이 있었다. 그런 거라 생각하니 금세 납득이 갔다. 김광석의 신곡이 제법 듣기 좋아 기억 나는 대로 몇 번이나 리듬을 흥얼거릴 즈음 출판사 주차장에 도착했다.

오랜만에 방문한 출판사 건물은 새롭게 리모델링을 한 것 같았다. 아무 생각 없이 엘리베이터 3층을 눌렀다가 출판사도 5층으로 옮겼다는 걸 확인하고 다시 5층 버튼을 눌렀다.

출판사 사무실을 가로질러 편집장실 문을 열고 들어서자 한창 애정행각 중이던 대학 동창 홍철과 인턴 여직원이 놀라 허둥댔다. 여직원은 고개를 푹 숙인 채 웃옷을 추스르며 서둘러 방을 빠져나갔다. 홍철은 노크도 안 하냐며 짜증을 냈지만 이렇게 당당할 처지가 아니었다. 그에게는 6년을 사귄 여자 친구가 있다.

"현정이랑은 잘 만나고 있지?"

내가 눈을 흘기며 은근슬쩍 안부를 묻자 홍철은 도리어 나를 빤히 보며 대답했다.

"내가 말 안 했어? 한 것 같은데? 걔랑 헤어진 지 일주일 됐잖아."

그랬던가? 기억이 나지 않는다. 솔직히 남의 연애사 같은 건 아예 관심이 없다. 어쩌면 술자리에서 했을지도 모른다는 생각이 들자 괜히 미안해져 화제를 돌렸다.

"야, 근데 언제 5층으로 이사 온 거야?"

"뭔 소리야? 처음부터 5층이었는데. 자꾸 이상한 소리 말고 용건만 말해."

"어, 그게…… 저번에 내가 보낸 글 있잖아……. 어때? 대표 님은 보셨어?"

녀석의 표정은 그다지 긍정적으로 보이지 않았다. 대놓고 난 감해하더니 한숨까지 몰아쉬며 말했다.

"내가 친구니까 가감 없이 말할게. 클리셰가 많아도 너무 많 아. 익숙해서 쉽고 재미는 있는데 개성이 없어서 내가 이걸 왜 읽어야 하는지 모르겠어. 아무리 청소년 로맨스물이어도 그렇 지 너무 유치하고 비현실적이야. 막장 드라마냐? 구성은 또 더 럽게 불친절하고 결말은 왜 이렇게 어이없게 끝나는 거야? 중 간에 뿌려둔 떡밥이라도 정리하고 끝내야 될 거 아니야."

"열린 결말이야. 우리 조카는 이런 거 좋아하던데?"

"흐지부지 마무리한 거겠지. 그래, 너 옛날엔 잘 먹혔어. 근 데 요즘 애들 감성은 아니야."

"그럼 요즘 애들 좋아하게 줄임말 같은 것도 넣을까? 어쩔티 비, 쿠쿠루빵뽕 뭐 이런 거?"

"야, 요즘 애들 그런 거 안 좋아해. 너는 잘나가던 옛날에도 비문에 주술 호응 엉망이라고 욕 들어 처먹었으면서 아직도 그런 식으로 글을 쓰고 싶냐?"

틀린 말이 아니라서 화를 낼 수도 없었다. 나도 처음부터 이런 작가가 될 거라고 생각하지는 않았다. 스무 살, 너무 이른 나이에 인터넷 로맨스 소설가로 성공의 단맛을 봤고 그게 독이 되어 지금까지 그 시절에 머물러 좀처럼 벗어나질 못했다. 갑자기 밖이 소란스러워 물었다.

"오늘따라 왜 이렇게 어수선한 거야? 무슨 일 있어?"

"김현식 작가 부커상 최종 후보에 올랐잖아. 너도 알지, 현식이. 우리 동아리 후배잖아."

"누구…… 아, 따식이? 근데 그 자식 책도 여기서 출간했냐?"

"옛날에 코나 찔찔 흘리던 현식이 아니다. 한국의 스티븐 킹이잖아."

"참나, 개나 소나 뭐만 하면 죄다 한국의 스티븐 킹이래."

"현식이 책, 읽어는 봤어? 글 죽여. 너, 걔 거 한 번도 안 읽어봤지?"

"그걸 꼭 읽어봐야 아나. 그 새끼 학교 다닐 때 나한테 맨날 깨졌어, 글 못 쓴다고."

내가 대학교 2학년 때 신입생이었던 현식이는 동아리 후배이기도 했다. 처음 볼 때부터 마음에 들지 않았던 놈인데 요즘 잘나간다고 거들먹거리고 다닐 거라 생각하니 배알이 꼬였다.

수상도 아니고 고작 후보에만 올랐을 뿐인데 출판사에서 고깃집을 통째로 빌려 축하 자리를 마련했다. 나는 현식이를 축하해주고 싶은 마음이 눈곱만큼도 없었지만 마땅히 고기를 거절할 이유도 찾지 못해 일찍부터 자리 잡고 앉아 술을 곁들여 배를 채우고 있었다. 갑자기 휴대폰이 울려 발신자를 확인하니 무려 20년 동안 연락 없이 지내던 동창이었다.

얘가 어쩐 일이지 싶어 일단 전화를 받았고 수화기 너머로 동창의 목소리가 들려왔다.

"뭐 하냐? 나 말이지, 아무래도 이혼할 것 같아. 우린 성격이 너무 안 맞아."

앞뒤 내용 다 잘라먹고 하는 뜬금없는 말이라 나는 어리둥절했다. 결혼한 사실도 몰랐는데 이혼이라니? 오랜만에 듣는 목소리지만 분명 동창 녀석이 맞다. 혹여 번호를 잘못 눌렀나 싶어 내게 연락한 게 맞는지 확인도 했지만 오히려 이상한 소리 한다고 욕이나 들었다.

황당하게도 20년 만에 통화한 친구와 마치 어제까지 가깝게 지낸 사이처럼 지극히 사적인 얘기들로 무려 10여 분이나 통화를 했다. 끊고 나서야 불현듯 무섭다는 생각이 밀려들어 팔뚝에 오슬오슬 소름이 돋았다.

때마침 현식이가 사람들과 일일이 인사를 나누며 나타났다. 여전히 번들거리는 얼굴을 한 현식이는 나를 알아보고 과장스런 몸짓으로 달려와 깍듯이 인사를 했다.

잠시 뒤 아아, 하는 마이크 소리가 울렸다. 사회자를 자청한 홍철이가 호들갑을 떨며 녀석을 연단으로 불러 세웠다. 소감을 부탁하자 현식은 쑥스러워하며 헛기침을 한 다음 입을 열었다.

"아직 후보에만 올랐을 뿐인데 다들 축하해주셔서 감사합니다. 이 자리에 오기까지 제게 도움을 주신 선배님들이 많지만 그중에서도 특별한 분이 마침 이곳에 와계시네요. 학교 동아리 때부터 부족한 저에게 혹독한 가르침을 주신 저의 영원한 멘토분을 소개해드립니다."

곁눈질로 흘끔 쳐다보다 현식이와 눈이 마주친 나는 금세 얼굴이 벌겋게 달아올랐다. 이렇게 준비도 없이 사람들 앞에 나서기는 싫었다. 도망이라도 치고 싶은 심정으로 작게 읊조렸다.

"쪽팔리니까 나 부르지 마라…… 제발……."

"나의 뮤즈이자 나의 영원한 사랑, 이루나. 어서 나와주세요."

현식의 손짓에 일어난 루나가 나의 등을 스치며 연단으로 나갔다. 그녀는 녀석의 옆에 다소곳이 서더니 손을 맞잡고 사람들 앞에 인사했다. 루나는 나의 대학 동기이자 나의 첫사랑이며 원래는 나의 뮤즈였다.

간단히 인사를 마치고 현식이와 루나가 구태여 우리 쪽 테이블로 찾아와 자리를 잡았다. 내게 웃으며 인사하는 루나는 여전히 싱그러웠지만 꼴 보기 싫은 현식이도 뒤따라와 앉았다.

"선배님께서 일부러 와서 축하도 해주시고. 너무 감사합니다."

현식의 인사치레를 듣고는 홍철이가 끼어들었다.

"너 축하해주러 온 거 아니야. 이 새끼 네 책 한 번도 안 읽었대."

"진짜요? 섭섭합니다, 선배님. 지금 가방에 한 권 있는데 읽어보실래요?"

나는 딱히 거절하기도 어려워 못 이기는 척 그럼 한번 줘보라 손을 내밀었고, 현식은 가방에서 주섬주섬 책을 꺼내주었다. 그러자 얄미운 홍철이 눈치 없이 또 끼어들며 말했다.

"기왕 주는 거 책에 사인도 해줘."

"제가 어떻게 선배님한테……."

나는 속이 뒤틀렸지만 애써 아무렇지 않은 척 말했다.

"그래, 앞장에다 하나 해줘."

현식이 시건방을 떨며 자기 책에 사인하는 모습이 고까웠는지 나도 모르게 비아냥거리는 말투가 튀어나왔다.

"지금 좀 잘나간다고 어깨 너무 힘주고 다니지 마. 그것도 한때다. 누군 뭐 언제 안 나가봤어?"

"명심하겠습니다, 선배님."

현식이 마지못해 공손한 척 고개를 조아리자 홍철이 나를 가리키며 비웃듯이 말했다.

"얘가 2000년대에는 잘나갔지. 그 당시 중고등학생 감성을 기가 막히게 알아채서 감각적으로 잘 쓰긴 했어. 근데 지금은 나이 먹고 감 떨어져서 요즘 애들 감성엔 안 먹혀. 이제 와 하는 말이지만 그때도 진짜 오글거렸어. 글에 인터넷 용어도 남발하고. 근데 이젠 안 통하지."

홍철의 무례한 막말에 내 표정이 일그러지는 걸 눈치챘는지 루나가 슬며시 끼어들며 말했다.

"뭐 어때서? 그런 글들이 통하던 시대였잖아. 그래서 인기도 많았던 거고."

나를 대신해 변론해준 건 고마웠지만 낯이 뜨거워지는 건 어쩔 수 없었다. 루나가 나를 빤히 보며 말을 이었다.

"옛날에 인터넷 용어 넣듯이 줄임말 같은 건 어때? 요즘 애들 그런 말 많이 쓰지 않나?"

"요즘 애들도 그런 건 안 좋아해. 나도 그때나 그렇게 썼지, 지금은 그런 식으로 글 안 써."

내 얘기를 듣고 현식은 믿을 수 없다는 듯 기분 나쁜 웃음을 지으며 홍철과 말을 섞었다.

"제가 학교 다닐 때 선배님한테 글 많이 배웠습니다. 혼나기도 진짜 많이 혼났는데……."

"배울 게 있었어? 하마터면 너도 그 길로 갈 뻔했네. 내 생각엔 너무 일찍부터 잘되는 것도 별로 안 좋은 것 같아. 애는 너무 어릴 때 잘 되고 돈맛을 봐서 그런지 글에 철학이 없어."

홍철은 나를 쉴 새 없이 놀려댔다. 아무리 잘 팔리는 작가의 기분을 맞춰주려고 이런다지만 친구인 나를 조롱하면서까지 그럴 필요는 없었다. 그동안 남들이 양산형 삼류 로맨스다, 불쏘시개다 하는 비난을 충분히 겪어왔던 터라 단련이 되고 무뎌져 있었지만 루나 앞에서 겪은 망신은 견디기 힘들었다.

이 자리의 주인공인 현식이는 기분이 좋은지 연신 목구멍에 술을 들이붓다시피 마셨고, 루나는 걱정스레 놈을 챙겼다. 그런 모습을 지켜보는 것조차 괴로웠던 나는 아무도 모르게 화장실을 가는 척 조용히 식당을 빠져나왔다.

나는 혼자 통닭집으로 자리를 옮겨 소주를 마시며 쓰린 속을 달랬다. 그러다 문득 현식이 준 책이 떠올라 대충 훑고 나서 첫 장을 넘겼다. 첫 문장부터 나는 책 속으로 빨려 들어갔고 그 자리에 앉은 채 끝까지 다 읽어버렸다. 그러고 나서야 내가 지금 뭘 하고 있는 건지 정신을 차릴 수 있었다.

인정하기 싫지만 놈의 책은 경외심을 불러일으킬 만큼 내 감정을 흔들어놓았다. 간결지만 수려한 문장은 품격이 있었고, 관습적이지 않은 서사는 이야기의 구조를 관통하며 읽는 내내 상상력을 자극했다. 질투가 날 정도로 엄청난 재능을 가진 현식이가 부러우면서 화가 났다. 급기야 나는 죽었다 깨어나도 이런 글을 쓸 수 없다는 결론에 이르렀다. 그동안 숱한 비난에도 꿋꿋이 버텨왔지만 그의 글을 보고 나서야 비로소 나의 재능이 얼마나 하찮고 초라한지 확인할 수 있었다.

더 이상 글을 쓸 자신이 사라져버렸다. 어쩌면 이런 결과가 예상되어 그동안 피해 다녔던 걸지도 모른다. 내가 현식이를 싫어했던 과거로 돌아가 이유를 떠올려봐도 그건 열등감 때문이었다. 이것밖에 되지 않는 나의 보잘것없는 재능이 야속하고 서러워 주책맞게 눈물이 나오다가 끝내는 오열했다.

사람들이 나를 흘긋거리며 쳐다보지만 내 인생이 송두리째 쓰레기통으로 처박힌 지금, 그까짓 게 뭐 대수겠는가. 남들 시선은 아랑곳없이 나는 소리 내어 꺼이꺼이 울어댔다.

멀쩡한 침대를 놔두고 책상에 널브러져 자다가 새벽녘이 되어서야 눈이 떠졌다.

방을 둘러보며 어젯밤 집에 와서도 술을 진탕 마시다 울다 지쳐 잠이 들었다는 걸 기억해냈다. 이내 깨질 듯 두통이 몰려와 머리를 쥐어뜯고 있는데 문득 이상한 걸 알아챘다. 스탠드 조명이 흰빛의 주광색이 아닌 원래의 노란 전구 색으로 바뀌어 있었다.

내가 뭘 착각하고 있나, 이마를 짚으며 냉장고 문을 열어보니 생수는 떨어지고 없었지만 뜯지 않은 우유가 보였다. 어제 분명 남은 우유를 모두 비웠는데 새것이 그대로 있다니, 이해할 수 없었다.

문득 차가 주차된 위치를 헷갈렸던 게 생각나 주차장으로 갔지만 오늘도 있어야 할 자리에 보이지 않았다. 어제 대리운전을 불러 지상주차장 아파트 현관 앞에 분명히 주차를 했는데 또 없으니 환장할 노릇이었다. 혹시나 하는 마음에 이번엔 지하주차장으로 내려갔는데 어처구니없게도 그저께 주차했던 자리에 차가 보였다.

뭔가 잘못됐다는 두려움에 그대로 차를 몰고 도로를 달렸다. 불현듯 20년 만에 연락 온 동창이 떠올라 그 번호로 전화를 걸었다. 놀랍게도 번호의 주인은 다른 사람이었다. 그가 그 번호를 10년 이상 사용했단 사실도 확인했다.

출판사 주차장에 도착하자 때마침 홍철이도 출근길이었다. 그가 차를 태워다준 여자에게 손을 흔들며 배웅을 하고 있었다. 그녀는 얼마 전 헤어졌다는 현정이었다. 현정의 차가 주차장을 떠나자마자 홍철을 불러 세워 물었다.

"현정이 다시 만나기로 한 거야? 헤어졌다며?"

"아침부터 무슨 헛소리야. 나랑 현정이랑 다음 달이면 2000일이거든."

불쾌해하며 나를 뿌리치고 가는 홍철의 뒷모습을 보노라니 머리가 지끈거렸다. 뻐근한 목을 이리저리 돌리다 고개를 들어 건물을 올려다보는 순간 하마터면 소릴 지를 뻔했다. 어제 분명 새롭게 리모델링 되어 있던 출판사 건물이 내가 알던 예전의 낡은 모습으로 돌아와 있었다.

나는 후들거리는 다리를 부여잡고 건물 안으로 홍철이를 쫓아 들어갔다. 홍철이 엘리베이터를 붙잡고 서서 빨리 오라며 재촉했다. 이 건물에 출판사가 3층에 있다는 걸 확인하자 다리에 힘이 풀려 그 자리에 주저앉고 말았다.

나는 핸드폰으로 김광석 콘서트도 검색해봤다. 그런 기사는 어디에도 없었다. 느닷없이 오싹해져 출판사 건물을 나와 바로 차를 몰고 집으로 돌아왔다.

거실을 한참이나 맴돌며 두려운 마음을 가라앉히려 애썼다. 시간이 지나니 혼란스러웠던 생각이 조금씩 정리가 되었다. 분명한 건 지금이 달라져 있는 것이 아니라 어제가 내가 알던 세상과 달랐다는 것이다. 그것은 내가 아는 세상과 구별된 분명 다른 세상이었다. 아마도 평행세계를 경험한 것이란 결론에 이르렀고, 기이한 경험이긴 하지만 어쨌든 지금은 원래 자리로 돌아왔으니 다행이긴 했다.

정적에 싸인 거실에서 소파에 누워 어제 일을 떠올리다 갑자기 서글퍼졌다. 다른 세계의 나도 이곳과 별반 다르지 않은 별 볼 일 없는 재능으로 꾸역꾸역 살아가고 있구나, 싶어 비참한 심정이었다. 괜스레 눈물을 훌쩍이다 소파에서 그대로 잠이 들었다.

그리고 다시 눈을 떴을 때 내 삶은 완전히 달라져버렸다. 또 다시 다른 세상에서 눈을 뜬 것이다.

그 이후로 나는 잠에 들었다 깨어날 적마다 두 개의 평행세계를 순차적으로 넘나들고 있다는 걸 깨달았다. 처음 일주일은 너무 두려워 얌전히 집에만 틀어박힌 채 하루 종일 인터넷 검색으로 두 세계 간의 차이를 비교했다.

하지만 어느 한 세계가 특별히 별날 것도 없이 비슷비슷했고, 시간이 지나면서 어느새 아무렇지도 않게 느껴졌다. 어차피 내 인생이 양쪽 모두 보잘것없다는 건 마찬가지였으니까.

그다지 불편함 없이 이전처럼 살아가고 있었다. 그저 편의상 두 평행세계를 '현세계'와 '다른 세계'라는 용어로 구별 지으며.

그러던 어느 날 생각지도 못한 사람이 현세계의 내 집을 방문했다. 그녀는 짙은 색 선글라스를 썼는데, 그래도 누군지 단박에 알아봤다. 루나였다. '지금도 이 집에 사는구나' 하며 루나는 생긋 웃었다. 여긴 어쩐 일이냐고 묻자 루나는 한참을 머뭇거리다 말없이 선글라스를 벗었다.

놀랍게도 그녀의 눈가엔 상처가 나 있었다. 시퍼렇게 멍이 든 얼굴을 보자 나도 모르게 이마에 핏발이 섰다. 자초지종을 묻자 현식이 요즘 술을 너무 많이 마셔서 걱정이라는 말부터 꺼냈다. 그러면서 내가 그를 만나 치료를 하도록 설득해줄 수 있겠냐며 부탁했다.

나는 무엇보다 녀석이 술에 취해 감히 나의 루나에게 폭력을 휘둘렀다는 사실에 피가 거꾸로 솟는 것 같았다. 루나에게 현식의 번호를 얻어 전화를 걸었고, 그가 포천의 어느 캠핑장에서 장기투숙하며 소설을 집필 중이라는 얘기를 들었다.

나는 며칠 뜸 들이며 고민하다 직접 찾아가 현식을 만나기로 마음먹었다.

두 시간 넘게 차를 몰아 캠핑장 입구에 도착했다. 제법 추운 날씨에 조금씩 눈발까지 날리고 있었다. 산 전체가 캠핑장이나 다름없을 만큼 규모가 크고 캠핑 사이트가 광범위하게 흩어져 있었다. 현식을 찾는 데 꽤 애를 먹었다. 산을 타고 한참을 올라 드디어 텐트를 찾아냈고, 갑자기 찾아온 나를 현식은 반갑게 맞아주었다.

"선배님, 어떻게 잘 찾아오셨네요."

"여기 좋네. 근데 이렇게 넓은 캠핑장에 어떻게 사람이 하나도 안 보이냐?"

"겨울이잖아요. 더구나 평일은 사람이 거의 없어요."

현식이 머무는 텐트는 산 중턱의 우거진 숲 사이에 홀로 덩그러니 자리 잡고 있었다. 거기서 장기투숙 중인 현식은 누구의 방해도 없이 조용히 글을 쓰기엔 더없이 좋은 환경이라 했다. 의자에 기대어 앉아 화로에 장작이 타는 걸 지켜보며 그는 잭다니엘을 병째 마셨다. 그러다 문득 나의 방문 이유를 안다는 듯 말했다.

"루나가 보냈죠? 일부러 때린 건 아니에요. 다투다 실수로 팔을 뿌리치면서 그런 거예요."

"술을 지나치게 많이 먹는다고 걱정이 많던데."

현식은 어설픈 변명을 늘어놓았는데, 나는 적당히 얘기를 들어주며 주위를 둘러봤다. 한창 집필 중이었는지 테이블 위에 놓인 노트북 화면엔 글자가 빼곡하게 들어차 있었다.

"글이 잘 써지나 봐? 많이 쓴 거 같은데 이런 데서 쓰면 정말 글이 잘 나오냐?"

"낮에 집중해서 쓰다가 날 어두워지면 이렇게 앉아서 장작불이 다 타는 걸 멍 때리고 보는 거예요. 그러면서 술도 한 병 비우고 그대로 곯아떨어지는 거죠."

"알아, 루나한테 얘기 들었어. 그게 오랜 습관이고 너한테는 의식 같은 거라며?"

"선배님도 한잔하실래요?"

"난 됐다. 차 갖고 왔거든. 루나가 부탁해서 한번 와본 거야."

나는 대충 자리를 마무리하고 더 늦기 전에 캠핑장을 빠져나왔다.

최근 며칠 도서관에서 양자역학과 관련된 서적들을 뒤져보았다. 다세계 해석에 의하면 매순간 우주는 갈라지고, 우주는 하나가 아닌 무한이며 지금도 계속해서 늘어나고 있다. 나는 그중에서 두 개의 우주를 넘나드는 중이다.

우주의 결이 갈라지면 중첩상태로 같은 사건이 동시에 존재하고 원자로 구성된 나 또한 중첩이 되는 게 맞지만 특이하게도 나는 두 세계에 중첩되지 않은 하나였다.

간단히 말하면 내가 이쪽에 와 있는 동안 저쪽에는 내가 존재하지 않는다. 곧바로 준비한 수면제를 먹고 까무룩 잠이 들었다가 미리 맞춰둔 알람 소리에 깨어나 다른 세계로 넘어갔다.

밤이 깊어지고 다시 캠핑장으로 돌아온 나는, 뒤쪽 좁은 산길을 따라 크게 돌아가 소리 나지 않게 텐트 쪽으로 접근했다. 산 뒤쪽은 짐승들이 다니는 길이라 험준했지만 사람들 눈에 띄지 않으려면 어쩔 수 없었다. 어둠에 잠긴 숲길을 불빛도 없이 가야 하는 게 처음엔 막막했는데, 흰 눈 위에 반사된 달빛이 조명이 돼주어 길을 찾는 덴 문제 없었다.

현식이는 장작불이 타는 걸 바라보며 잭다니엘을 마시고 있었다. 나는 멀찍이 떨어져 숲에 몸을 웅크리고 숨어 그가 잠들기만을 기다렸다. 시간이 지날수록 체온이 떨어지고 산을 오르며 흘린 땀이 차갑게 얼어붙어 온몸이 바들바들 떨렸다. 이대로 한 시간만 더 있다간 그대로 얼어 죽을 것만 같았다.

살을 에는 추위에 급기야 발가락 감각마저 희미해질 즈음, 현식이 자리에서 일어나 비틀비틀 텐트로 들어갔다. 아무 소리도 나지 않는 걸 보면 곧바로 곯아떨어졌을 것이다. 나는 10분 정도 더 기다리다 조용히 텐트로 다가들었다.

텐트는 거실과 잠자리가 구별된 투 룸 구조였다. 그가 텐트 안에 있는 이너 룸에 들어가 잠이 든 걸 확인하고, 아직 희미하게 잔불이 살아있는 화로를 들어 텐트 거실에 슬쩍 밀어 넣었다. 그리고 지퍼를 닫았다.

내일이면 그가 밀폐된 텐트 안에서 추운 날씨에 불을 피워 놓고 잠이 들었다가 일산화탄소 중독으로 숨진 채 발견됐다는 기사가 올라올 것이다. 캠핑장에서 의외로 이 같은 사고가 종종 발생한다고 들었다. 물론 의심은 하겠지만 별다른 혐의점을 찾지 못한다면 그대로 사건은 묻힐 것이다. 기왕 하기로 마음먹은 이상 확실하게 마무리하고자 잠시 숲에 숨어 지켜보기로 했다.

지독한 추위에 몸이 얼어붙어 마비가 올 것 같았다. 머리는 얼얼해지고 귀는 떨어져 나갈 것처럼 아팠다. 그런 와중에도 한 번씩 바람이 불어올 때마다 텐트 바닥이 들썩거리는 게 신경 쓰였다.

실내가 완전히 밀폐되어야 하는데 밑바닥 공간으로 가스가 새어 나올지도 몰랐다. 고민 끝에 다시 내려갔다. 나는 살금살금 다가가 숨을 죽인 채 텐트 바닥이 바람에 들썩이지 않도록 주워온 돌을 올려놓기 시작했다.

바로 그때였다. 텐트 밑으로 불쑥 팔이 튀어나와 내 팔목을 잡아챘다. 나는 그대로 굳어 꼼짝도 하지 못했다. '살려주세요……' 희미하게 현식의 목소리가 들렸다. 나는 어떻게 해야 할지 몰라 쩔쩔맸다. 이윽고 그의 머리통이 텐트 밑으로 빠져나왔고 겁에 질린 나와 눈이 마주쳤다.

나는 의식을 잃어가는 그의 몽롱한 눈을 보자 돌연 호흡이 안정되는 걸 느꼈다. 무거운 추를 매단 듯 시간도 느리게 흐르는 것만 같았다. 뻣뻣하게 굳은 내 팔이 마치 의지를 벗어난 것처럼 움켜쥐고 있던 돌덩이를 들어 올렸다. 그러고는 망설임없이 무방비 상태인 그의 머리를 향해 힘껏 내리쳤다.

상체를 들썩거리는 움직임이 몇 번 이어지고 났을 때 선혈이 새하얀 눈을 시뻘겋게 물들여놓았다. 무자비한 폭력이 지나가자 모든 것이 몸 밖으로 빠져나간 것 같은 공허함이 찾아왔다. 나는 잠시 어둠 속에 머물며 차오른 숨을 몰아쉬었다.

이 끔찍한 상황을 어떻게 수습할지 정신을 집중했다. 어차피 일은 벌어졌고, 일단은 흔적을 남기지 않도록 어떻게든 처리해야 한다. 나는 그가 먹던 잭다니엘을 쏟아 텐트를 적신 후 불씨가 아직 살아있는 화로를 뒤엎어 텐트에 불을 붙였다. 하지만 생각보다 불이 잘 붙질 않아 안에 있던 남은 술까지 모두 쏟아부었다. 그제야 불길이 타올랐다.

나는 손과 얼굴에 범벅이 된 핏자국을 흰 눈으로 깨끗이 닦아낸 후 왔던 길로 돌아서 산비탈을 내려갔다. 그리고 그길로 곧장 세종문화회관으로 달려가 미리 예매해둔 김광석의 데뷔 38주년 기념콘서트를 관람했다.

김광석의 신곡들을 듣는 내내 떨리는 손을 도무지 멈출 수가 없었다. 현세계에서는 들어본 적 없는 김광석의 신곡이 주는 전율 때문인지, 아직 손끝에 남은 현식을 내려찍던 생생한 감각 때문인지 알 수 없었다.

아침부터 요란하게 울리는 전화벨 소리에 잠이 깼다.

어젯밤 숲속에서 추위에 떨었던 탓에 감기라도 걸린 것 같았다. 밤새 기침이 너무 심해 가슴이 얼얼할 지경이었다. 몸은 무겁고 눈도 제대로 떠지지 않았다. 겨우 필을 뻗어 전화 수화기를 집어 귀에 가져다 댔다.

"선배님, 일어나셨어요?"

현식의 목소리에 화들짝 잠이 달아났다. 몸이 또다시 얼어붙었다.

"어제 일부러 와주시고 감사했어요. 덕분에 루나랑 잘 얘기하고 화해했습니다."

그의 멀쩡한 목소리를 듣고 나서야 내가 다시 현세계로 돌아왔고 이곳에선 아무 일도 벌어지지 않았다는 걸 알았다.

나는 한동안 다른 세계로 돌아가 상황이 어떻게 되었는지 확인할 용기가 나지 않았다. 몇 날 며칠 두려움에 떨다 결국 잠을 이기지 못하고 다른 세계로 넘어갔다.

이곳은 김현식 작가의 사망 소식으로 떠들썩했다.

온갖 매체를 통해 수사가 어떻게 진행되고 있는지 손쉽게 파악할 수 있었다. 경찰이 대대적인 수사를 펼쳐 목격자와 용의자를 수색 중이라 했지만 나와는 그 어떤 접점도 찾을 수 없을 것이다. 이 세계에서 나는, 루나에게 부탁을 받은 적도 없고 현식이 그곳에서 장기투숙 중이었다는 사실은커녕 현식의 전화번호조차 몰랐기 때문에 용의선상에도 들지 않았다.

현식의 장례식장을 찾았다. 수많은 조문객들 사이에 부쩍 수척해진 루나도 보였다. 두 사람이 결혼한 사이도 아니었던 터라 상주가 될 수는 없었다. 그렇다고 이곳에서 허드렛일을 돕기도 애매한 탓에 홀로 구석진 자리에 앉아 있지만 이곳에 있는 누구보다도 슬픔에 젖어 있었다.

그녀가 누군지 아는 조문객들은 불편해하며 피하거나 외면했다. 나는 조용히 루나의 곁으로 다가갔다. 아무 말 없이 앞에 구부정하게 마주 앉아 있는 것으로 위로를 대신했다.

그로부터 수개월이 지나도록 수사에 진전이 없자 사건은 미제로 남은 채 결국 종결되었다. 그동안 나는 루나가 슬퍼할 겨를이 없도록 곁에 머물며 위로했고, 덕분에 현식의 빈자리를 채워줄 수 있었다. 엄밀히 따지자면 원래 내가 있어야 할 자리로 돌아왔을 뿐이다.

그가 죽기 직전까지 노트북에 쓰던 글은 그날 밤 함께 불에타 사라졌지만 현세계에는 순리대로 김현식 작가의 신작으로 출간됐다. 예상한 대로 책은 출판계에 엄청난 반향을 불러일으켰고 이는 단순히 유명세만으로 얻은 반응은 아니었다. 작품은 그 자체로 누가 봐도 더할 나위 없이 훌륭했기에 평단과 독자 모두를 만족시켰다.

역시 현식이는 타고난 이야기꾼이었다. 도저히 범접할 수 없는 그의 특별한 재능을 인정할 수밖에 없었다. 그의 책은 읽을수록 탐이 날 정도로 좋아서 나는 수십 번을 읽고 또 읽으며 머릿속에 글을 담았다. 그리고 다른 세계에 조금씩 옮겨와 내 이름으로 출간했다.

당연히 이곳에서도 동일한 평가와 반응이 이어졌다. 현세계에서 그가 얻은 명성은 이곳 다른 세계에선 온전히 내 것이되었다. 처음엔 몸에 맞지 않는 옷을 입은 것처럼 낯설고 어색했지만 그토록 원하던, 일찍이 경험하지 못한 성공의 단맛을 봤다.

물론 과거 로맨스 소설로 인기 작가 반열에 오른 적은 있지만, 그것은 작품에 대한 인정이었다기보다는 시대를 잘 타고난 미숙한 작가의 행운에 불과했었다. 오히려 작품에 대해서는 비난하는 이들이 더 많았다.

현식이는 원래 대중 앞에 나서는 것을 내켜하지 않는 편이지만 나는 주저하지 않고 미디어를 이용해 적극적으로 알렸다. 대중의 관심을 오롯이 즐겼고 내가 쓴 글이 아님에도 내가 썼다는 믿음에 심지어 긍지마저 느꼈다. 온갖 매체에서 인터뷰 요청도 쇄도했다. 인터뷰하기 전엔 반드시 질문지를 사전에 받아보았고, 책 속에 숨은 의미를 묻는 질문엔 현식이의 인터뷰 기사를 참고해 그럴싸하게 대답했다.

루나와의 관계도 깊어졌다. 그녀는 이따금씩 현식이를 그리워했지만 그럴수록 내가 더욱 잘난 남자가 되려고 노력했다. 이렇다 보니 한쪽에선 부와 명예 그리고 사랑하는 여자까지 전부 가진 자신감 넘치는 내가 되었지만 그에 반해 또 다른 한쪽의 나는, 여전히 볼품없는 실패자였다. 서로 다른 두 개의 세계는 점차 괴리가 커져만 갔고 예전엔 대수롭지 않아 했던 나에 대한 혐오는 질병처럼 나를 잠식해갔다. 자연스럽게 성공한 세계에선 되도록 오래 머물고자 커피와 카페인 음료 그리고 각종 각성제를 복용하며 버텼고, 실패한 세계에선 서둘러 잠을 청하며 수시로 수면제를 복용하는 악순환이 이어졌다.

정신없이 바쁜 시간을 보내느라 몸도 마음도 지쳐갈 즈음 오랜만에 루나와 공원으로 소풍을 나왔다.

따사로운 햇볕이 목덜미에 내리쬐고 풀숲의 향취가 상쾌함으로 가득했다. 나는 눈을 지그시 감은 채 기분 좋은 바람을 고스란히 느끼고 싶었다. 시원한 감각이 가슴마저 어루만지는 듯했다.

우린 풀밭에 돗자리를 깔고 앉아 치즈와 샴페인을 나눠마셨다. 나는 루나의 무릎을 베개 삼아 누웠고 검게 빛나는 그녀의 머릿결이 나의 뺨을 간질였다. 나를 내려다보는 루나의 입가엔 행복한 미소가 가득했다. 오래도록 까맣게 잊고 지냈던 설레는 감정을 만끽하는 순간이었다. 그러나 갑자기 이 행복은 깨졌다. '선배님' 하며 희미하게 들려오는 소리에 가슴이 서늘해졌다.

얼른 일어나 앉아 돌아보니 눈이 쌓인 새하얀 숲이 펼쳐져 있었다. 저기 먼발치에 머리통이 깨져 피를 철철 흘리며 웅크리고 있는 이가 현식이라는 걸 단번에 알 것 같았다. 나는 숨이 목구멍을 틀어막고 심장이 방망이질하듯 쿵쾅거려 필사적으로 고개를 돌려 외면했다.

눈앞에 신록은 눈이 부시도록 푸르고 등 뒤로는 차가운 눈이 쌓여 있다. 헌데 어찌된 영문인지 루나가 보이질 않는다. 나는 명치 끄트머리가 화끈거려 타버릴 것 같은 조바심에 그녀를 애타게 찾아 나섰다. 그러다 문득 기척에 돌아서는데 바로 코앞까지 다가온 현식이와 눈이 마주쳐 비명을 질렀다.

놀란 눈을 희번덕거리며 벌떡 몸을 일으켰다. 나는 잠에서 깨어나서도 한동안 꼼짝을 못 했다. 식은땀이 등줄기를 타고 흘러내렸다. 잠시 어리둥절하다 꿈이었음을 깨달았지만 모든 게 방금 일어난 일처럼 생생했다.

놀란 가슴을 진정시키고 물을 꺼내 마시는데 불현듯 오늘 오전에 있을 방송 출연 스케줄이 떠올랐다. 시계는 이미 약속한 10시를 훌쩍 넘었고 이제라도 서두르지 않으면 촬영이 시작되는 11시 전까지도 도착하기 힘들었다.

대충 씻고 손에 잡히는 아무 옷이나 걸쳐 입은 채 뛰쳐나가 택시부터 잡았다.

어차피 의상이랑 메이크업은 다 준비되어 있을 테니 나는 몸만 가면 된다. 촬영장 앞에서 만나기로 한 루나에게 사정을 설명하려 했지만 전화를 받지 않았다. 아무래도 상황을 수습하느라 지금쯤 한창 곤란을 겪고 있을 것이다.

다행히 촬영장소가 그리 멀지 않은 곳에 있었고 도로도 정체가 금세 풀려 예상보다 빨리 도착했다. 마침 루나가 촬영장 입구에 미리 나와 나를 기다리고 있었다. 미안한 마음에 달려가 그녀의 손을 부여잡고 말했다.

"미안, 내가 너무 늦었지. 어제 분명히 알람을 맞춰놨는데 이상하게 못 들었나 봐."

루나는 어쩔 줄 몰라 하며 입만 벙긋거렸다. 왜 이러는 거지?

뭔가 일이 잘못된 게 분명했다.

"선배님?"

별안간 들려온 목소리에 팔뚝으로 소름이 돋았다. 눈앞에 현식이 눈살을 찌푸리며 서 있었다. 나는 돌처럼 온몸이 굳었다. 루나도 당혹해하며 내게 잡혀 있던 손을 슬그머니 빼냈다.

뒤늦게 상황 파악이 된 나는 루나의 잡은 손을 놓고 뒷걸음질 쳤다.

"여긴 어쩐 일이세요?"

현식이 다가올수록 심장 뛰는 소리가 내 귀에 들릴 정도로 크게 울렸다. 온몸에서 피가 다 빠져나가는 기분이었다. 심상치 않다는 걸 알아차린 현식이 걱정스레 물었다.

"안색이 안 좋으신 거 같은데…… 괜찮으세요?"

나는 현식의 눈을 마주 볼 수 없어 시선을 바닥으로 내리깔았다. 식은땀을 뻘뻘 흘리며 말까지 더듬었다.

"괘, 괜찮아. 그냥 지나가다가 우, 우연히…… 미안하다. 나, 나 그만 가볼게."

나는 횡설수설 변명만 늘어놓다가 도망치듯 부리나케 그곳을 빠져나왔다.

최근 며칠 양쪽을 오고 갈 적마다 각성제와 수면제를 번갈아가며 너무 자주 복용한 탓에 정신이 오락가락했다. 처음엔 적은 양으로도 충분하던 약물들이 내성이 생기면서 과다 복용에 이르렀고, 하루 종일 구름 위를 걷는 것 같은 기분으로 하루하루를 버텨내고 있었다. 아무래도 두 세계 간의 불균형한 인생이 근본적인 원인인 것 같았다. 오랜만에 출판사를 방문하자 친구인 홍철이 반갑게 맞아주었다.

"어서 와, 나의 친구. 한국의 스티븐 킹!"

설레발을 치며 반기는 걸 보면 이번엔 제대로 온 게 분명했다. 녀석이 나를 떠보듯 물었다.

"근데 말이지, 다음 책도 곧 들어갈 거지? 혹시 어떤 얘기인지 살짝만 알려줄 수 있나?"

나는 무슨 대답을 해야 하나 떠올려봤지만 현식의 다음 계획을 아직 듣지 못한 것 같아 대충 얼버무렸다. 바로 그때 한 남자가 출판사 문을 열고 들어섰고, 홍철이 반색하며 내게 소개해줬다.

"인사해. 너도 알지? 박홍석 작가. 두 사람은 처음 보나?"

홍철이의 소개가 끝나기 무섭게 내가 먼저 손을 내밀어 악수를 청했다.

박홍석 작가는 내가 가장 인정하는 최고의 작가이며, 그의 책은 한 권도 빠짐없이 사서 모아 읽을 정도로 열렬한 팬이기도 하다. 박홍석 작가도 내게 호감을 보이며 손을 맞잡았다.

"반갑습니다. 작가님 책 읽어봤는데 너무 좋았습니다."

평소 존경해오던 나의 우상이 관심을 가져주다니, 마음속으로 떨 듯이 기뻤다. 나는 그의 낚시조끼와 어깨에 매달린 낚시 가방을 보고는 넌지시 물었다.

"낚시 좋아하시나 봐요?"

"네, 환장하죠. 지금도 낚시 갔다 오는 길에 잠깐 들른 겁니다."

"저도 낚시 좋아하는데. 다음엔 저도 데려가주세요."

박홍석 작가와 친해지고 싶은 마음에 맞장구를 치자 홍철이 믿을 수 없다는 듯 물었다.

"네가 낚시를 좋아한다고? 언제부터?"

나는 홍철의 말을 못 들은 척하며 박홍석 작가와 전화번호도 교환하고 다음 낚시 계획까지 약속했다.

우린 그 뒤로 짧은 시간에 부쩍 가까워져서 많은 것을 함께 공유하게 되었다. 낚시라는 공통 관심사와 같은 직업을 가졌다는 유대감에 어느새 누구보다 친밀한 사이가 되었다.

물론 다른 쪽 세계의 그와는 철저하게 만남을 회피했다. 어차피 그쪽에선 내가 감히 가까이할 수 없는 급이 다른 작가이니 만날 일도 없지만 혹여 우연이라도 마주치지 않으려고 칩거 생활에 돌입했다.

다른 세계에선 한동안 그와 어울려 다니며 그에 관한 정보들을 수집했다. 그가 정해진 날마다 주기적으로 가는 낚시 장소가 있다는 사실도 듣게 되었다. 그는 혼자만 아는 낚시 포인트인데 특별히 내게만 알려준다며, 인적이 드물고 외딴 곳에 떨어져 있는 바닷가 낚시터에 대해 말했다.

두어 달 정도 지날 즈음 현세계에서 그가 주기적으로 방문한다는 날짜에, 알려준 장소로 미리 가서 낚싯대를 펴고 기다렸다. 얼마 지나지 않아 박홍석 작가는 정말 그곳에 나타났다.

그는 여기선 나를 전혀 알아보지 못했다. 혼자만 드나들던 장소에 낯선 이가 미리 와 있다는 사실만으로도 불쾌한 기색이 역력했다. 그러다 밤이 깊어지면서 그에게 자연스레 말을 건넸고 대화를 나눌 수 있었다.

그동안 다른 세계에서 그와 가깝게 지내며 성향을 잘 파악하고 있던 덕분에 이곳에서도 우린 금세 가까워졌다. 낚은 물고기로 매운탕을 끓여먹고 담배도 함께 태우며 점차 나에 대한 경계가 느슨해졌을 즈음, 수면제를 탄 커피를 먹여 잠들게 만들었다. 그리고 완전히 정신을 잃은 박홍석 작가를 차디찬 바닷물에 던져 넣고 모든 흔적을 지운 후 그곳을 빠져나왔다.

며칠 지나 그의 시신이 바다 위에 떠올랐다. 부검결과 수면제 성분이 검출되었지만 당연히 내가 용의선상에 오를 일은 없었다.

그 뒤로 다른 세계에서 박홍석 작가의 새 책이 나올 때마다 김현식 작가 때와 마찬가지로 책 내용을 현세계로 옮겨와 내 이름으로 출간했다. 그렇게 해서 나는 드디어 두 세계가 모두

균형을 이루며 추앙받는 인생으로 탈바꿈했다.

더는 수면제도 각성제도 한쪽을 혐오할 일도 없다. 사람을 둘씩이나 죽였지만 희한하게 죄책감이 들지 않았다. 처음 현식이를 살해했을 당시만 해도 그와는 눈도 마주치지 못했지만 지금은 아무렇지 않다.

생각해보면 두 사람 모두 내가 죽였는데 두 사람 모두 멀쩡하게 살아있지 않은가. 심지어 박흥석 작가와는 3년이 지난 지금까지도 가장 가깝게 어울리며 가족처럼 지내고 있다. 지금은 습관처럼 두 세계가 헷갈리지 않도록 매일 정리하며 기록하고 가급적 양쪽에서 만나는 사람들과의 관계며 나의 행보 또한 통일하려고 노력했다.

내 삶은 이제 한쪽에선 박흥석 작가로, 또 다른 한쪽에선 김현식 작가로 살아가며 과거의 보잘것없던 내 처지는 완전히 잊은 지 오래다.

헌데 최근 들어 현식이가 새로운 작품을 쓰지 않아 걱정이다. 이미 오래전에 계약금까지 받은 탓에 출판사로부터 심한 독촉에 시달리고 있는데 3년이 지나도록 신작이 나오지 않았다.

나는 더는 기다릴 수 없어 그의 집을 찾아 나섰다.

현식의 집에 들어서자 그와 동거 중이던 루나가 나를 반갑게 맞아주었다. 다른 세계의 루나는 나와 연인으로 지내며 행복한 나날을 보내고 있지만 이곳에서 루나는 그래 보이지 않았다.

그녀의 표정이 침울한 이유를 현식과 마주하고 나서야 알 수 있었다. 그는 이미 알콜 중독에 빠져 몰라볼 정도로 망가져버린 상태였다. 거의 폐인의 몰골을 하고 있었다. 지금도 잔뜩 술에 취해 인사불성이었고, 처음 보는 앳된 청년이 현식을 부축해 침실에 데려다 눕혔다.

종종걸음으로 침실을 빠져나온 청년은 허리 숙여 내게 깍듯이 인사하며 현식이가 수업을 나가는 학교의 제자라고 자신을 소개했다.

나는 루나와 서재로 자리를 옮겨와 심각하게 대화를 나누었다. 그녀는 지난번처럼 그의 치료를 설득해 달라며 부탁했고 나는 못 이기는 척 그가 깨어나면 얘기해 보겠다며 기다렸다. 루나가 잠깐 방을 나간 사이에 서재를 뒤져 쓰고 있는 글이 있는지 확인했다. 좀처럼 글이 나오지 않아 실망하던 그때, 서랍 밑에서 원고 뭉치를 하나 발견했다. 첫 장을 펼쳐 앉은 자리에서 읽어 내려갔다.

글은 아직 다듬지 않은 날것이었지만 글에 날이 서 있고 나는 감히 상상조차 할 수 없는 이야기들로 가득했다. 글을 다 읽어갈 즈음 정신을 차린 현식이 나타났다. 나는 걱정스런 표정을 지으려 애쓰며 물었다.

"괜찮아? 술은 좀 깬 거야?"

"송구하네요. 이런 모습 보여서. 선배님, 이번 책 좋던데요.

꼭 딴사람이 쓴 것처럼 좋아요."

"근데 너는 왜 신간이 안 나와? 책 나온 지도 꽤 된 거 같은데."

"보시다시피 요즘 꼴이 이래서……."

그가 멋쩍게 웃어 보이자 나는 서랍 밑에 있던 글을 들어 보이며 물었다.

"이 글 괜찮던데. 조금만 다듬어서 출간하면 반응 좋을 것 같은데?"

현식이가 내 손에 있는 원고 뭉치를 확인하더니 싱겁게 웃으며 말했다.

"그거 제 거 아니에요. 밖에 있는 제자 거예요. 그렇지 않아도 애가 똑똑한 거 같아서 홍철이 형이 특별히 내 옆에 붙여 놓고 키우라는데, 제가 키울 게 뭐 있나요? 저런 애들은 가만 둬도 알아서 잘 크는 거지. 그냥 먹여주고 재워주면서 같이 지내고 있어요."

이 글이 아까 인사 나눴던 젊은 청년의 글이라는 사실을 알았다. 이젠 저런 애송이들한테까지도 글로 상대가 안 된다는 사실이 서글퍼졌다. 나는 넌지시 입을 열었다.

"아는 시설이 있는데 당분간 치료를 받아보는 게 어때? 그리고 말이지…… 치료하는 동안엔 밖에 제자라는 애까지 돌보는 건 무리인 거 같으니, 걔는 당분간 우리 집에서 지내라고 해."

현식은 이렇게까지 신경 써줘서 고맙다며 고개를 끄덕였다.

나는 그곳을 빠져나와 길을 나서며 한참을 걷다가 문득 멈춰 섰다.

어릴 적 나보다 잘난 놈들이 전부 사라졌으면 싶던 기억이 떠올랐고, 느닷없이 웃음이 터져 나왔다. 급기야 길바닥에 서서 배를 잡고 한참을 미친놈처럼 웃어댔다.

5

산 자들의 땅

황량한 땅, 동력을 잃은 도시는 텅 비어 사람의 흔적은 찾아볼 수 없고, 스산한 바람 소리만 귓가에 속닥거렸다. 모든 게 바래고 모진 비바람에 잿빛으로 변해가고 있었지만 길게 뻗은 도롯가에 줄 지어선 암회색 건물들은 멀쩡해 보였다. 그 모습은 흡사 무료배식을 기다리며 늘어선 새벽녘의 노숙자들 같았다.

이따금씩 몰아치는 바람에 소용돌이치듯 빙글빙글 거리를 헤매는 잡다한 쓰레기들. 먼지를 뒤집어쓴 화단의 꽃들. 오랫동안 관리되지 않아 아무렇게나 우거진 가로수. 갈라진 아스팔트 틈새를 뚫고 나온 민들레와 잡초들이 도로를 뒤덮고 있었다.

다른 길 위엔 부족한 양분 대신 공기 중의 질소를 이용해 번성한 클로버가 깔려 있었는데, 사슴 한 마리가 한가로이 뜯고 있다. 옆으로 지나가는 사람이 있어도 신경을 쓰지 않는다.

땟물이 꼬질꼬질하고 무릎이 늘어난 허연 방진복에 빨간 두건으로 입을 가린 사내는 고무부츠 신은 발을 질질 끌며 부지런히 나아가고 있다.

지루하고 답답한 발걸음. 사내가 내뱉는 거친 호흡에 입을 가린 두건이 들썩거렸다.

정류장 광고판엔 '지역 경제를 살리는 우리 고장의 자랑 원자력발전소'란 문구가 보이고, 누군가 그 위에 시뻘건 스프레이로 '종말'이라 휘갈긴 낙서가 선명했다.

도심을 벗어나 몇 킬로미터를 더 걷다 보면 어느새 논밭이 나온다. 메마른 강줄기를 따라 굽이굽이 걷고 또 걸어온 탓에 사내는 몹시 지쳐 보였다. 빗물에 떠밀려온 썩은 나무들이 물이 말라 쩍쩍 갈라진 강바닥에 머리카락처럼 뒤엉켜 쌓여 있었다. 듬성듬성 시커먼 물웅덩이엔 죽은 물고기들이 허연 배를 뒤집은 채 둥둥 떠다녔다.

인가가 모여 있는 농장 쪽은 더욱 처참했다. 시멘트로 만든 농수로엔 목을 축이려 뛰어들었다가 미처 빠져나오지 못해 굶어 죽거나 죽어가는 주인 잃은 소들이 즐비했다. 굵직한 뼈마디가 메마른 살가죽을 뚫고 나올 기세로 불뚝 솟아난 소가 때마침 길을 지나던 사내에게 구원을 바라듯 눈곱 낀 허연 눈을 끔벅였다.

터벅터벅 질리도록 걷기만 하던 사내는 쪽지에 적힌 주소지 앞에 다다르자 드디어 지루한 걸음을 멈췄다. 사내는 목조주택의 앞마당으로 들어섰다.

당연히 빈집일 테지만 그럼에도 사내는 희뿌연 창에 달라붙어 집 안 내부를 신중히 살폈다. 그러곤 주머니에서 미리 준비해 온 현관 열쇠를 꺼내 문을 열고 안으로 들어갔다.

집 안은 채광이 좋지 않아 한낮인데도 어두컴컴했다. 벽에 붙은 스위치를 올려봤지만 역시나 전기는 들어오지 않았다. 사내는 쪽지에 적어둔 내용을 확인한 후 곧장 계단을 통해 2층 큰방으로 올라가 서랍장에서 귀금속과 현금 따위를 찾아냈다.

그렇게 찾아낸 물품들은 폴라로이드 사진을 찍은 후 커다란 지퍼백에 함께 담아 이름을 적고 가방에 넣었다.

계단을 내려와 서둘러 집을 나서려는데 느닷없이 먹구름이 드리워지더니 소낙비가 쏟아졌다. 이내 반쯤 열린 문틈으로 빗물이 들이쳤다. 사내는 나가려다 말고 멈춰 섰다. 문득 거실 먼지 쌓인 테이블에 놓인 휴대용 턴테이블을 발견하고 관심을 가졌다.

예고도 없이 쏟아지던 비는 얼마 지나지 않아 말끔히 개고, 잠깐 내린 비로 흠뻑 젖은 나무들은 초록빛이 더욱 선명했다.

버려진 도시로 진입하는 톨게이트 앞엔 방진복 차림에 방독면을 쓴 군인들이 출입을 통제하고 있었다.

입구 앞엔 삼삼오오 무리 지어 게이트 너머 도시 안쪽을 초조하게 바라보는 민간인들이 보였다. 손수건으로 입을 틀어막은 채 무언가를 기다리는 표정들은 하나같이 간절해 보였다. 호흡이 불편한지 기침을 하는 사람도 있었고, 무엇 때문인지 안절부절못하는 사람도 있었다. 그들이 때마침 도시 안쪽에서부터 젖은 도로를 따라 걸어오는 사내의 등장에 일제히 반색했다.

정확히 1년 전, 원인 모를 이유로 원자력발전소가 폭발하는 사고가 일어났고, 도시는 더 이상 인간이 살 수 없는 황폐한 땅으로 변했다. 표지판엔 방사능 오염지역 출입통제라는 경고문이 선명했다.

사내는 그들을 향해 묵묵히 걸어오고 있었다.

사내는 사고가 왜 일어났는지 알고 싶지도 않았고, 누가 책임져야 하는지도 관심 없었고, 그래서 누구를 원망하지도 않았다. 그저 고향에 남아 살아갈 뿐이었다.

출입통제라는 표지판이 무색하게 태연히 걸어 나온 사내는 군인들에게 눈인사만 하고는 모여 있는 사람들에게 다가가 짊어진 배낭을 풀었다.

사내가 오기를 목이 빠지게 기다리던 사람들은 그가 보이자 반가워했지만 바로 지척에 오자 거리를 두었다. 서너 걸음 물러서서는 가까이 가지 않았다. 옷깃이 스치기만 해도 오염이 될 거란 두려움에 사내를 핵폐기물 보듯 멀리했다.

사내가 배낭을 주섬주섬 열어 차례대로 이름을 호명하며 오염된 도시에서 회수해온 물품들을 꺼내 내밀었다. 자신의 이름이 불리면 대답만 할 뿐 하나같이 선뜻 다가가지 못하고 머뭇거렸다.

사내가 물품들을 발 앞에 내려놓고 몇 걸음 물러섰다. 그제야 그들은 먹이를 던져주는 사육사 앞의 짐승들처럼 달려들어 물건을 낚아챘다.

사내는 집으로 돌아가지 못하는 사람들의 귀중품을 대신 수거해주고 일정 금액의 수수료를 받아 챙겼다. 대부분은 금이나 패물 또는 돈이 될 만한 귀중품들이지만, 지극히 사소한 것들을 요청하는 이들도 많았다.

사람들이 제 물건을 얼추 다 챙겼을 때쯤 단정한 차림의 중년 여성이 하나 다가왔다.

그녀를 발견하자 사내의 표정이 환하게 변했다. 반가운 기색이 역력했다.

"누나, 어서 와."

"나 빨리 가야 해. 물건이나 줘."

그의 반응과 달리 누나는 사무적인 용건만을 원했다. 사내는 서운한 마음을 어쩌지 못한 채 어깨에 메고 있던 화구통을 건넸다. 누나는 화구통에 돌돌 말아 넣은 유화 그림을 확인하고 물었다.

"두 점? 이것밖에 못 그렸어?"

"그게 점점 예전 같지 않아서…… 좀 더뎌."

곤란한 사정을 전하자 누나는 갑자기 화풀이하듯 짜증을 쏟아냈다.

"야, 아직 덜 말랐는데 이렇게 말아서 오면 어떡해? 너는 뭘 제대로 하는 게 없냐."

"유화라 잘 안 말라. 그리고 여기까지 오려면 왁구는 떼고 그림만 말아 올 수밖에 없어."

누나는 마음에 안 든다는 얼굴로 입을 다물고만 있었다. 이제 자리를 떠나려고 돌아서는 그녀의 등에 대고 사내가 말했다.

"전화 좀 자주 해. 아버지도 이젠 예전 같지 않으셔."

"아트페어가 코앞이라 나도 바빠. 네가 적당히 말씀드려."

누나는 가져온 쇼핑백을 내밀며 무심하게 말했다.

"이거 아버지 입혀드려. 그리고 유화가 빨리 안 마르면 아크릴물감 쓰시라고 해."

어스름 녘, 오염된 도시 외곽의 전원주택.

넓은 욕실에는 대중탕에나 있을 법한 커다란 침대 위에 앙상한 노인이 발가벗고 누워 있었다. 사내가 스펀지에 비누 거품을 내 그의 온몸 구석구석을 문질러대며 닦아냈다.

눈두덩이가 움푹 들어간 노인의 낯빛은 생기를 잃어 꺼칠했고 건조하게 바싹 마른 피부는 나무껍질처럼 꺼멨다. 사내의 능숙하고 거침없는 손길에도 기력을 잃은 노인은 반응이 없었다.

영양부족으로 쪼그라든 체구는 깃털처럼 가벼워 사내가 몸을 들어 올리고 뒤집는 일이 전혀 힘에 부치거나 버거워 보이지 않았다. 사내는 냄비에 팔팔 끓인 물을 큰 세숫대야의 찬물과 섞어 미지근하게 만들었다. 그러곤 작은 바가지로 퍼올려 누워 있는 노인에게 사정없이 끼얹었다. 노인의 몸에서 모락모락 하얀 연기가 피어오르며 일렁였다. 고된 노동에도 사내는 유쾌한 듯 쫑알쫑알 수다스럽게 떠들었다.

"아버지, 누나 왔었어요. 그래도 누나가 아버지 그림 많이 홍보하고 얘깃거리 만드느라 머리 좀 쥐어짜는 것 같던데. 유명한 작가들은 드라마틱한 히스토리가 많아야 좋다면서요? 확실히 누나가 문창과 출신이라 다르긴 달라요."

사내는 입술을 샐쭉 내밀며 말을 이었다.

"근데 누나가 아크릴물감을 쓰라네요. 빨리 안 마른다고. 누나는 그렇게 오랫동안 아버지 매니저를 했으면서 그것도 모르나? 아버지는 아크릴물감 싫어하는데."

노인의 몸에서 물기를 다 닦아낸 사내는 바디크림을 꼼꼼하게 바르는 것도 잊지 않았다.

　사내는 노인에게 정장을 갈아입히고 머리도 오일을 발라 정성스레 빗겼다. 제법 깔끔한 티가 났다. 혼자 신나서 몸단장에 열심인 그에 반해 휠체어에 앉은 노인은 의욕이 전혀 보이지 않았다. 단장을 마치고 나서 위아래로 훑으며 사내는 엄지를 치켜세웠다.

　"역시 아버지는 꾸며놓으니까 예전 때깔 나오시네. 기억나세요? 어릴 적에 아버지랑 밖에 나가면 다들 효자동 멋쟁이 지나간다고 막 쳐다보고 그랬잖아요."

　사내는 팔레트에 형형색색의 물감을 일렬로 나열하듯 짜놓은 후 노인의 손에 붓을 쥐여주었다. 노인은 붓을 움켜쥐려고 해봤지만 여의치가 않았다. 사내는 안 되겠다 싶은지 직접 붓을 손에 쥐고 노인과 눈짓을 주고받으며 물었다.

　"빨간색? 노란색?"

　노인이 전혀 반응하지 않자 사내는 눈치껏 물감을 푹 찍은 붓을 노인의 입에 물렸다.

　하얀 캔버스를 당겨 노인의 얼굴 가까이 가져다대려고 하는데 그만 붓이 툭 떨어졌다. 붓을 물고 있을 힘조차 없는 것이다.

　사내는 그 후로도 몇 차례 노인의 입에 붓을 물려보려 시도했지만 번번이 실패하자 결국 포기하고 누나에게 전화를 걸었다.

"그림을 안 그리셔. 기력이 없으셔서 붓을 자꾸 놓치시네."

"아버지 바꿔봐."

귀에서 전화기를 떼고 영상통화로 바꿔 노인에게 보여주자 반응이 달라졌다. 갑자기 생기를 되찾은 노인은 어린아이처럼 해맑게 웃었다. 사내는 괜스레 섭섭함이 몰려와 쓴웃음을 지었다.

노인과 통화를 마친 누나는 사내와 계속 말을 이어갔다.

"그림 그리는 모습 몇 장 찍어서 보내. 보도자료 만들어야 하니까. 아까 준 것도 입혀드려."

낮에 건네받은 쇼핑백을 열어 보니 작업용 앞치마가 들어 있다. 사내는 내키지 않는다는 투로 말했다.

"아버지 원래 그림 그릴 때 작업복이나 앞치마 같은 거 안 입으셨어."

"그래도 입혀서 찍어. 그런 거 입고 있어야 전문성 있어 보이지, 의사 가운처럼. 앞치마 옆에 붓이랑 나이프 몇 개 꽂아두는 것도 잊지 말고. 근데 지금 그림 얼마나 그리셨어?"

"그게…… 내 생각에는 아버지가 이제는 그림을 더 이상 그리고 싶어 하시지 않는 것 같아."

"넌 생각 같은 거 하지 마. 아트페어에 스무 점 가져가기로 선주문 받았어. 어떻게든 채워."

수화기 너머 누나는 할당량을 채우라고 다그치는 작업반장처럼 냉정하고 차갑게 굴었다. 더 할 말이 없다는 듯 일방적으로 전화를 끊자 사내는 입맛을 다시며 난감해했다.

사내는 노인에게 앞치마를 입히고 간신히 입에 붓을 물린 채 서둘러 보도자료용 사진도 남겼다. 사내는 노인을 한참 동안 물끄러미 바라보다 진지하게 물었다.

"그림 그리기 싫으세요? 혹시 뭔가 영감이나…… 뭐 그런 게 안 떠올라서 그래요?"

노인은 가만히 입을 다물고만 있었다. 어제보다 더 시들어 버린 모습이었다.

하루가 다시 어제처럼 지나갔다.

도시 변두리의 아쿠아리움 내부는 온통 눅눅한 습기와 생선 썩는 고약한 냄새로 진동했다. 탁해진 수족관 물은 시커멨고 죽은 물고기 몇 마리만 둥둥 떠다녔다. 대부분의 수조는 비어 있었지만 유일하게 불이 켜진 수조 한 곳에 산소 공급기와 수질 정화기가 돌아가고 있었다. 많진 않지만 물고기도 보였다.

그 앞에서 사내와 휠체어에 앉은 노인이 수족관을 물끄러미 바라보고 있었다.

수조는 칠흑같이 어두웠는데 그래서 끝없이 넓어 보였다. 그곳에 홀로 남아 외로이 헤엄치는 샌드타이거 상어 한 마리를 노인의 눈이 희끄무레한 눈알을 움직이며 따라다녔다.

"상어 한 마리만 용케 살아남았어요. 서로 잡아먹다가 쟤만. 어릴 때 아버지가 그러셨죠. 상어란 놈이 원래 가족이고 뭐고 제일 센 놈만 살아남는다고. 어미 배 속에서부터 이빨이 나오기 때문에 뒤에 나온 동생들을 잡아먹고 그것도 모자라면 어미의 수정되지 않은 알까지 먹어 치우면서 그렇게 11개월을 버티다 홀로 바다에 나오는 거라고."

"빨리 와, 밥 먹자!"

전력회사 협력사라고 써진 작업복 차림의 늙수그레한 꼰대와 그보다 젊어 보이는 뺀질이가 사내를 향해 소리쳤다. 이들은 사고가 난 원자력발전소의 복구공사를 도맡아 하는 하청업체 직원들이다. 주로 폐연료봉 제거 작업 같은 위험하고 궂은 일에 동원된 사람들이었다.

불 피운 바비큐그릴 위에 바닷가재와 남태평양 대왕조개를 통째로 올렸다. 이곳 아쿠아리움은 자체 발전기 덕분에 지금껏 멈추지 않고 버틸 수 있었다. 물론 불필요한 전력 소모를 줄이기 위해 몇 개의 수조에만 물고기를 몰아넣어 관리해왔다. 이건 사내의 노력이 있었기에 가능했지만, 이 상태로 얼마나 유지될 수 있을지는 알 수 없었다.

둘은 어느새 불판 위에서 벌겋게 익은 바닷가재를 하나씩 잡아들고 게걸스레 먹기 시작했다. 사내도 잘게 살을 발라내어 노인의 입에 넣어주었다. 배를 든든히 채우고 각자 자유롭

게 쉬는 가운데 꼰대와 뺀질이는 손바닥만 한 알람포켓 선량
계(APD)를 납으로 된 보호막으로 은밀하게 감싸는 연습을 하
고 있었다. 사내가 다가와 그게 뭐 하는 거냐는 표정을 짓자 흰
머리가 희끗희끗한 꼰대가 목구멍을 긁는 것 같은 거친 목소
리로 설명해주었다.

"이게 선량계라는 거야. 원전에 들어갈 때 하나씩 지급받는
데 일정량 이상의 방사선에 노출되면 경보음이 울려요. 내가
끌 수도, 설정값을 바꿀 수도 없어."

"울리면 어떻게 되는데요?"

사내의 물음에 꼰대가 말을 이었다.

"거기서는 더 이상 일을 할 수가 없어. 그러기로 법을 정했대."

"이걸로 몰래 감싸면 수치가 낮아지니까 문제없어요."

뺀질이가 납 보호막을 흔들며 너스레를 떨었지만 꼰대는 여
전히 시무룩한 얼굴로 말을 이었다.

"당장 일을 못 하게 되면 큰일이야. 너 우리 애 보육원에 맡
겨둔 거 알지! 나 돈 벌어야 해. 그래야 거기서 애 찾아오지. 맨
날 아빠만 찾는대. 앞으로 1년은 더 벌어야 하는데 내 건 이미
한계치에 가까워. 보수를 여기만큼 주는 데도 없지만 다른 데
는 일거리 자체가 없고."

꼰대의 한숨에 눈치 없이 뺀질이가 타박했다.

"그러게 내가 진작 작업 분담해서 골고루 나눠 맡자고 했잖

아요. 누구 한 사람이 방사능을 죄다 맞아버리면 다른 사람은 당장 생계가 막막하잖아."

다들 근심 가득한 얼굴로 침묵했다. 이들은 방사능에 오염되는 것보다 일자리를 잃는 것이 더 두려워 보였다. 울적한 분위기를 바꾸고 싶었는지 꼰대가 노인에게 다가가 물었다.

"아버지, 그림은 잘 되셔? 아버지 그림이 그렇게 유명하다던데 나도 하나 그려줘요."

버려진 공항의 넓은 활주로에 보잉747 여객기 한 대가 덩그러니 남아 있었다.

사고가 난 뒤로 대부분의 비행기들은 수거해 갔지만 퇴역을 앞둔 오래된 기종들은 주요 부품만 빼내 가서 껍데기만 남겨진 채 버려졌다.

기체 안, 실내는 제법 그럴듯한 술집처럼 꾸며져 있었다. 기존에 비행기 의자들은 모두 뜯어내고 공항 옆 쇼핑몰에서 물품들을 가져와 술집처럼 만들어놓았다.

사내는 난폭해진 동물들이 야밤에 돌아다니는 게 여간 신경이 쓰이는 게 아니었다. 그런 차에 마침 공항에 버려진 비행기를 찾아냈다. 여긴 그래도 안전할 터였다. 철책이 둘러싸고 있으니 비교적 동물들의 접근도 어려울 것이다.

어느새 고급 양주 서너 병을 비운 그들은 얼굴들이 벌겋게 달아올라 있었다. 노인은 한쪽에 마련된 침대에 누워 잠이 들었고, 뺀질이는 술에 곤죽이 되어 쓰러져 있었다. 사내와 단둘이 남아 마지막까지 술잔을 부딪치던 꼰대가 슬쩍 물었다.

"언제까지 있을 거야? 여기 계속 이렇게 있으면 안 되는 거 알고 있지? 네 아버지는 어차피 얼마 안 남으셨으니까 그렇다 치지만, 너는 다르잖아."

싱겁게 웃다가 사내는 짐짓 진지한 얼굴로 생각에 잠겼다. 그가 나지막한 음성으로 말을 꺼냈다.

"제가 잘못한 게 많아요."

"무슨 잘못?"

"지금껏 내 마음대로 살아왔는데 마지막 가시는 길은 제가 모셔야죠."

"왜? 근데 왜 그렇게 오래도록 연락도 끊고 지낸 거야?"

잠시 뜸을 들이던 사내는 술기운을 빌어 겨우 입을 열었다.

"그냥 뭐, 갑자기 알게 됐어요. 다들 열심히 살고 있구나. 나만 빼고."

사내의 대답은 막연했지만 꼰대는 의외로 쉽게 이해가 간다는 듯 고개를 끄덕였다.

"하긴 사람들이 바쁘게 살긴 해. 나 같은 놈들은 숨이 차서 쫓아가질 못하겠다니까. 그래서 너는 만족하고 살았어? 어쨌든 그동안 대충대충 마음대로긴 하지만 잘 살긴 한 거지?"

사내는 쉽게 대답할 수가 없었다. 곰곰이 생각을 해봐도 마땅한 대답이 떠오르지 않았던지 사내는 피식 웃어넘기며 말을 이었다.

"예전에 부탄 사람들의 행복지수가 1위였던 적이 있대요. 그러다 인터넷이랑 SNS 이런 걸 접하게 되면서 자기가 얼마나 가난한지 알고부터, 지금은 한 97위 정도 한다네요. 저는 여기가 좋아요. 여기선 막 고민을 하다가도 그럴 필요 없잖아, 생각하면 정리가 되거든요."

밤이 깊어졌다. 사내는 술에 흠뻑 취한 채 화장실 소변기 앞에 섰다.

화장실이라지만 그렇게 이름 붙이기도 민망한 수준이었다. 소변기도 없고 그냥 커다란 구멍 하나 나 있는 게 고작이었다. 오줌을 갈기면 곧장 밖으로 떨어졌다.

무거운 몸을 비틀거리며 화장실을 나오던 사내가 조종석 칸에서 노인을 발견했다. 무슨 기운으로 이곳까지 휠체어를 끌고왔는지 모르지만 바깥을 내다보는 노인의 눈빛은 회한과 번민으로 가득했다. 사내는 흐느적대며 걸어와 조종석 의자에 몸을 내던지듯 기대앉았다. 취기 때문이기도 하지만 낮 동안 많이 걸었던 탓에 피곤이 쌓여 있었다. 자꾸만 감기려 드는 눈꺼풀을 까뒤집었다.

노인이 옆에 있지만 지독한 쓸쓸함에 한숨이 절로 나왔다. 칠흑같이 어두운 창밖을 뚫어지게 응시하는 노인에게 사내가 물었다.

"뭐 보세요?"

대답 없는 노인을 빤히 바라보던 사내는 끄응, 앓는 소리를 내며 일어나 담요를 가져다 덮어주었다. 다시 자리로 돌아와 의자에 기대앉은 사내는 두 다리를 계기판 위에 얹었다. 밖은 아무런 형체도 보이지 않을 만큼 시커멨다. 두 사람은 한참을 가만히 앉아 보이지도 않는 캄캄한 창밖만 바라보았다. 사내는 밤만 되면 마른기침이 멈추질 않았다.

대낮인데도 흐릿하고 인색한 볕이 내려앉은 마을 어귀를 사내는 오늘도 걷고 있다. 도로에 흘러내린 토사와 새벽녘에 내린 진눈깨비가 섞여 진창이 된 땅을 절벅거리며 걸었다.

돌보는 이가 사라진 마을의 개와 고양이들은 온종일 동네를 킁킁거리며 먹을 것을 찾아 질긴 목숨들을 연명하고 있었다. 그나마 그런 녀석들은 운이 좋은 편이었다. 집집마다 앞마당엔 목줄이 묶인 채 그대로 굶어 죽은 개들이 대부분이었다. 야생성을 되찾은 개들은 늑대들처럼 무리를 이뤄 다른 가축이나 작은 개들을 잡아먹는 포식자가 되어갔고, 굶주림에 극심한 스트레스를 받은 소는 닭이나 병아리를 잡아먹는 기이한 행동을 보이기도 했다.

지겹게 걷기만 하던 사내는 문득 걸음을 멈추었다.

그다지 멀지 않은 곳에서 희미하게 연기가 피어오르는 게 보였다. 생각을 정리하던 사내는 서둘러 가파른 비탈길을 내려갔다. 돌담이 길게 이어진 골목 끄트머리 박공지붕 위로 굴뚝이 삐죽 나온 건물 앞에 다다라서야 다시 멈춰 섰다.

제법 규모가 있는 단층 건물 정문엔 노인요양원 현판이 걸려 있었다. 정문은 마을을 떠도는 크고 사나운 개들이 함부로 들어올 수 없도록 굳게 닫혀 있었지만 작은 개들은 드나들 수 있을 만한 조그만 통로는 열려 있었다. 사내는 까치발로 담장 너머를 살핀 후 담을 뛰어넘었다. 작은 강아지들 여러 마리가 꼬랑지를 흔들며 몰려들었다.

낯선 이를 전혀 경계하지 않아 놀랐는데 대부분 영양 상태가 좋아 보여 또 한 번 놀랐다. 사내는 밥그릇에 소복하게 담겨 있는 개 사료를 발견했다. 그리고 앞마당 빈 페인트 통에 장작이 수북이 담겨 있는 것도 보였다. 그 위에 철망을 받치고 냄비를 올려놓았다. 음식을 만들고 있는 것이다.

베란다 창 앞엔 희끗희끗 형체가 보이기도 했다. 현관을 박차고 나오는 젊은 여자와 사내가 눈이 마주쳤다. 서로 놀라 굳은 채로 서 있었다.

"여, 여기서 뭐 하세요?"

사내가 먼저 묻자 여자는 떠듬떠듬 서툰 말로 입을 열었다.

"나는 여기 요양원에서 일하는 직원입니다."

어눌한 한국말로 미루어 외국인이라고 짐작했지만 외모만으론 쉽게 구별하기 어려웠다.

"작년에 발전소 사고 난 건 알아요? 이제 여기 사람이 살 수 있는 곳이 아닌데…… 왜 아직도 여기에 있어요?"

사내가 떠보듯이 묻자 여자는 고개를 끄덕이며 또박또박 말했다.

"알아요. 사람들 전부 떠났어요. 그렇지만 할아버지 할머니 조금 남았어요."

창가에 바짝 붙어 사내를 경계하는 노인들이 보였다.

"사람들 떠나고 돌아갈 집 없는 할아버지 할머니 여섯 명이랑 저만 남았어요."

밥 짓는 냄비에 보글보글 거품이 끓어올랐다. 그녀의 손에는 꽁치통조림이 들려 있었다. 사내는 이들이 이곳에 버려진 채 지금껏 함께 지냈던 거라고 짐작했다.

외국인 노동자였던 그녀는 그동안 갈 곳 없는 무연고 노인들을 돌보았던 모양이었다. 식량은 어떻게 해결했냐고 묻자 이곳에 비축되어 있던 쌀과 김치 그리고 통조림과 라면 따위로 버텨오고 있다고 했다.

그 와중에도 강아지들은 신이 났는지 사내의 양쪽 다리에 매

달려 꼬리를 흔들었다.

사내는 광활하게 펼쳐진 보리밭, 허물어진 축대 위에 걸터앉아 노을이 지는 걸 바라보았다. 바람살에 찬 공기가 덮쳐왔지만, 석양이 저물며 온통 붉게 물든 탓에 기분만은 따뜻했다. 괜스레 헛헛함이 몰려와 사내는 보리밭을 응시하며 가려운 팔을 긁적였다. 붉은 햇빛에 흩날리는 허연 각질이 선명했다.

노인의 입에 또다시 붓을 물렸다. 사내는 계속 그림 그리기를 시도하고 있었다. 오늘은 그래도 붓을 떨어트리지 않고 입에 잘 물고는 있다. 사내가 캔버스를 들고 정면에 서서 기다리지만 노인은 전혀 그릴 생각이 없는지 꿈쩍도 않았다. 사내는 조바심에 목소리가 높아졌다.

"아버지, 어서 그리세요. 나 팔 아파요. 어서."

여전히 미동조차 없자 노인을 어르고 달래며 재촉하던 사내는 조급증에 캔버스를 슬그머니 붓이 있는 곳으로 가져가 붙였다. 그렇게까지 해도 달라지지 않자 급기야 캔버스를 슬쩍슬쩍 움직이며 어이없게도 사내가 도리어 그림을 그리는 형국이 되어버렸다.

본인이 움직이면서도 자신이 그리는 건지 아버지가 그리는 건지 모를, 이런 우스꽝스런 상황에 자괴감이 들어 결국 캔버스를 맥없이 내려놓았다. 사내는 이게 뭐 하는 짓인가 싶었다.

그리고 이제껏 그려서 모아둔 그림들을 보며 차마 눈 뜨고 봐주기 어려운 형편없는 수준임을 확인했다. 탄식과 실소가 터져 나온 사내는 곧바로 누나에게 전화를 걸어 털어놓았다.

"누나, 이건 아닌 것 같아. 아무리 봐도 이건 아버지 그림이 아니야."

수화기 너머 깊은 한숨이 먼저 들려오고 누나의 목소리가 이어졌다.

"야, 네가 몰라서 그렇지 피카소도 죽기 직전까지 그린 그림들은 그것보다 더했어. 어떻게 그렸냐는 중요한 게 아니야. 누가 그렸냐가 중요한 거지."

"내가 미술은 잘 몰라도 옛날 아버지 그림은 굉장히 사실적이고 섬세했던 걸로 기억하거든. 아마 아버지 그림을 좋아하는 사람들도 그런 그림을 좋아한 거지, 이건 아닐 거야."

누나는 까칠한 음성으로 말을 내뱉었다.

"사람들이 그런 그림을 좋아했는지 네가 어떻게 알아? 25년 동안 연락도 끊고 제멋대로 편히 살다가 아버지 쓰러지고 나타났으면서. 꼴값 떨지 마. 그전까지 내가 옆에서 모셨어. 대충 휘갈겨도 컬렉터들이 혈안이 돼서 구하려고 난리인데, 네 깟 게 뭘 안다고."

"아무리 그래도 어느 정도여야 말이지. 그 컬렉터들도 직접 보면 생각이 다를걸."

사내가 물러서지 않고 대꾸하자 수화기 너머 누나의 짜증이 고스란히 느껴졌다.

"순진한 새끼, 내가 이런 말까진 안 하려고 했는데 걔들이 그림이 좋아서 사 모으는 것 같아? 아버지 돌아가시면 그림값이 오르니까 미리 사두려는 거야. 그리고 거기까지 의도한 건 아니겠지만, 그곳에서 그렇게 떠나시는 것도 솔직히 말하면 작가로서 히스토리가 되거든."

"그런 거라면 난 더욱 싫은데. 꼭 그렇게까지 해야 하나?"

"이제껏 군소리 없이 해왔으면서 갑자기 왜 그러는 건데? 아버지 돌보는 거 힘들어서 그래? 그동안 불효한 거 만회할 기회 줬더니. 야, 힘들어서 그런 거라면 관둬. 내가 다시 모시면 돼."

"아니야, 누나. 그런 건 아니야. 전혀 힘들지 않아. 나 괜찮아."

잠시 어색하고 불편한 침묵이 흐르고 누나가 조금은 차분해진 목소리로 말했다.

"그리고 집 좀 샅샅이 뒤져봐. 예전에 아버지가 그리다가 중간에 멈춘 그림이 하나 있는데 그걸 못 찾겠어. 아마 너도 기억날 거야. 엄마 돌아가시고 1년 정도 아버지가 붓을 꺾으신 적이 있는데, 그 1년 동안 먼지 쌓인 채로 이젤 위에서 방치되던 미완성작."

"당연히 기억하지. 그런데 누나가 잘못 기억하고 있는 것 같아. 그 그림이 1년 동안 방치되어 있던 건 맞는데, 그건 나이 어린 제자랑 바람난 아버지가 집에 안 들어오셔서 그런 거고 먼지도 쌓여 있지 않았어. 엄마가 아버지 돌아오길 기다리면서 매일 먼지를 닦으셨으니까."

"알아, 알고 있어. 하지만 그 얘기는 아버지 히스토리에 넣을 수 없어. 사람들이 아버지 그림을 좋아한 이유는 그림 속에 가족, 사랑, 부부애 같은 서정적인 정서를 담았기 때문이야. 그 그림에는 엄마와의 사랑으로 얘깃거리와 의미를 심을 거야. 그러니 잘 찾아봐. 특별히 그 그림을 원하는 고객이 있어. 찾으면 그림값 절반 너 줄게. 너도 계속 거기서 살 순 없잖아. 서둘러서 돈이라도 만들어 나와야지. 아버지야 오늘내일하시고 고향에 엄마 옆에 묻히시려고 남아 계신 거지만 넌 나와야지. 설마 내가 널 거기다 영원히 버려둘 거라 생각한 거니?"

어느새 날이 어둑해졌다. 주방 한구석 휴대용 가스버너 위에 올려진 냄비에서 물이 팔팔 끓었다. 사내는 가만히 서서 요란하게 보글거리는 기포를 퀭한 눈으로 바라보았다. 이윽고 뜨거운 김이 모락모락 피어오르는 물수건으로 뻣뻣한 노인을 옆으로 돌려 눕혀 등 쪽부터 닦아내기 시작했다.

침대 위에 발가벗겨진 노인의 야윈 몸에선 허연 김이 연기처럼 일렁였다. 이어서 깨끗한 수건으로 물기를 닦아낸 다음 온몸 구석구석 크림을 꼼꼼하게 펴 발라주었다. 그리고 오는 길에 의류점에서 챙겨 온 새 옷을 갈아입혔다.

사내는 창문 앞에 기대어 선 채 밖을 내다보았다. 달빛 아래 흙먼지가 바람에 흩어지고 적막한 가운데 풀벌레 소리만 들려왔다. 창문을 살짝 열자 소슬하게 바람이 불어들었다. 덕분에 땀으로 끈적거리는 몸이 마르는 것 같았다.

저 멀리 들판 너머 지평선 끄트머리에 도시의 옅은 불빛이 보였다. 그리 멀지 않은 곳에 사람들이 멀쩡히 살고 있다는 걸 떠올리자 새삼 외로움이 밀려들었다. 꿀맛 같은 휴식도 잠시, 코를 자극하는 악취에 사내는 미간을 찌푸렸다. 노인이 새 옷에 대변을 지린 것이다. 눌러왔던 화가 울컥 치밀어 올라 사내는 폭발해버렸다. 통제력을 잃은 사내는 상스럽고 거친 욕을 쏟아내며 노인을 타박했다.

한참이나 흥분해 있던 사내는 금세 생기 없이 허탈한 얼굴로 변했다. 아버지의 나약한 모습이 안타깝고 화가 나 감정을 주체하지 못했다는 걸 깨달았다. 사내는 진정하기 위해 한동안 온몸을 웅크린 채 앉아 있었다. 그리고 다시 처음부터 노인을 씻기고, 바르고, 갈아입히고, 더러워진 담요와 시트도 걷어내 새것으로 갈아주었다.

사내는 노인을 보며 자신의 행동을 후회하고 마음 깊이 죄송스러워했다. 잠시 상념에 잠겨 있던 사내는 분분한 생각들을 떨쳐내듯 머릴 한차례 흔들어댄 후 확신에 찬 얼굴로 밖을 뛰쳐나갔다.

지금껏 억지로 그려진 노인의 그림들을 앞마당에 쌓아 놓고 그 위에 불을 지폈다.

불길에 타오르는 그림들을 보는 사내의 얼굴이 어딘가 홀가분해 보였다.

거실 벽난로에 장작불을 지핀 사내는 노인에게 담요를 덮어 주고 그 옆으로 나란히 앉아 함께 불길을 바라보았다.

사내가 문득 떠오른 생각에 벌떡 일어났다. 들뜬 얼굴로 빈 집에서 찾아낸 휴대용 턴테이블을 가져와 설치했다. 그 위에 LP판을 올리며 노인에게 말했다.

"아버지, 저 어릴 때 장충체육관에 프로레슬링 보러 간 거 기억나세요? 그때 김일이랑 이노끼랑 박치기하고 피 철철 흘리고 막 그랬었는데. 경기 끝나고 아버지 운전하는 차로 청계고가 지날 때 저를 무릎에 앉혀서 운전대 잡게 해주셨잖아요. 난 아직도 그날이 생생해요. 참 좋았는데. 그때 차에서 이 노래가 계속 틀어져 있었는데, 기억나세요?"

사내가 올려놓은 LP판에서 나훈아의 〈머나먼 고향〉이 흘러나왔다. 사내와 노인은 가만히 앉아 노래를 들으며 옛일을 떠올렸다.

까무룩 잠이 들었던 사내는 새벽녘에 잠에서 깨어 가볍게 기침을 했다. 장작불은 어느새 숯불만 남아 당장이라도 꺼질 듯 아슬아슬했다.

거실에 온기가 사라지자 장작을 더 넣어 불을 붙인 사내는 노인에게 흘러내린 담요를 덮어주려 다가서다 멈칫했다.

차갑게 식어버린 노인의 몸은 전에 없이 뻣뻣했다. 한참을 돌처럼 굳어 있던 사내는 담요를 노인의 목까지 끌어올려 감싸고 차가워진 손등 위에 자신의 손을 살포시 올렸다.

희뿌연 안개가 온통 가득 차 있었다. 쌀쌀한 아침 공기를 뚫고 사내가 담요를 몸에 휘감은 채 기침을 해대며 동네 어귀를 걷고 있다. 어깨가 축 늘어지고 허리를 웅크린 게 위태로워 보였다. 금세라도 쓰러질 것만 같았다. 그래도 걷고 또 걸어가던 사내는 잠시 멈춰 서서 통화로 누나에게 상황을 설명했다.

사내는 수화기를 귀에 대고 한참 동안 응답을 기다렸다. 얼마나 시간이 흘렀을까, 수화기 너머 누나의 목소리가 들려왔다.

"일단 아무한테도 말하지 마. 너만 알고 있어."

"그게 무슨……"

"두 달 뒤에 뉴욕에서 전시 잡혔어. 그쪽 큐레이터가 지난번에 가져온 그림 보고 전시 전까지 몇 개 더 그려서 가져오라고 했는데 돌아가신 거 알면 곤란해. 그림은 내가 알아서 할게."

"그게 무슨 소리야? 아버지 장례도 치러야 하는데."

"어차피 엄마도 뒷산에 계시니까, 거기 모셔. 이해하실 거야. 남은 자식들 살길 열어줘야지."

"누나?"

"코인에 투자했다가 다 날렸어. 욕해도 돼. 나쁜 년인 거 아는데 나, 돈 필요해. 유명한 아버지 매니저로 뒤치다꺼리나 하면서 젊은 시절 다 보내고 경력도 없고 내 인생도 없었어. 너는 네 맘대로 살아서 후회 없잖아. 너도 알다시피 나, 남편이랑 이혼하고 아들이랑 단둘이 사는데 먹고는 살아야 할 거 아니야. 너한테 미안하지만 장례만 치르고 거기서 나와. 그리고 우리 집으로 들어와. 피붙이라곤 이제 우리뿐이다. 함께 살자."

사내는 통화를 끊고 그 자리에 오랫동안 서 있었다. 천천히 고개를 들어 찌무룩한 허공 위를 빙글빙글 선회하며 나는 철새 무리를 올려다보았다.

시간이 지나, 어느덧 길고 추운 겨울에 접어들었다.

세상은 온통 순백의 눈으로 뒤덮였다. 사람의 흔적이 없어 눈밭은 훼손되지 않은 채 간간이 동물의 발자국만 보일 뿐이었다. 이제 혼자 남겨진 사내는 전보다 더 초라해진 행색으로 들판을 가로질러 길을 나서고 있었다.

오랫동안 정리하지 않은 턱수염에 얼굴은 마른버짐으로 까끌까끌했고 떡진 머리칼은 서로 엉켜 번들거렸다. 푹푹 발목까지 빠지는 눈길을 걸으며 숨을 몰아쉴 적마다 사내의 입에선 하얀 연기가 뿜어져 나왔다.

그리고 언제나처럼 의뢰받은 빈집을 방문해 수집한 물건들을 지퍼백에 넣어 이름도 적고, 폴라로이드로 기록을 남기는 것도 잊지 않았다. 그날 밤은 그 집에서 잤다. 사내는 이곳저곳을 떠돌며 그렇게 지냈다.

사내는 이곳으로 돌아오기 전에도 오랜 세월 떠돌이 생활을 했지만, 노인이 떠나고 다시 혼자가 되자 새삼스레 적응하기 어려워했다. 이집 저집을 전전하거나 때로는 길 위에서 야영을 하는 일도 잦았다.

묵묵히 걷기만 하던 사내는 어느새 지친 듯 걸음을 멈추고 잠시 쉬어 가기로 했다. 잔가지들을 모아 불을 피운 후 잡석 더미에 앉아 휴식을 취하던 사내는 멀리 농수로에 빠져 꼼짝 못 하는 소와 눈이 마주쳤다. 비쩍 마른 소는 죽어가고 있었다.

잠시 뒤 사내는 구슬땀까지 흘려가며 준비해 온 삽으로 마대자루에 흙을 퍼 담았다. 1kg짜리 작은 모래마대였지만 하나씩 반복적으로 담아 넣다 보니 어느새 수십여 개가 모여 산처럼 쌓였고 그 자루들을 하나씩 농수로에 던져 넣어 제법 그럴 듯한 비탈계단을 만들었다.

사내는 대충 소매로 코를 훔친 다음 잠시 몸의 열기를 식혔다. 이윽고 작대기 하나를 집어 들어 농수로에 빠진 소에게 다가가 휘두르며 소리쳤다.

기력을 잃고 죽을 날만 기다리던 소는 처음엔 꿈쩍도 하지 않았다. 끈질긴 사내의 소몰이에 슬슬 반응을 보이기 시작하더니 이내 가느다란 다리를 바들바들 떨며 일어섰다. 그리고 마지못해 움직여 어슬렁어슬렁 비탈계단을 밟고 올라섰다. 소는 드디어 지옥과도 같았던 농수로를 빠져나왔다. 사내는 짧은 탄성을 내지르며 감격했다.

뼈만 앙상한 소는 드넓은 들판 한가운데를 향해 몇 발짝 걸어 나가는가 싶더니 이윽고 풀썩 주저앉아 창백한 하늘을 물끄러미 바라보았다. 사내도 우두커니 잿빛 구름이 낮게 드리워진 하늘을 바라보며 생각에 잠겼다.

늦은 밤이 되어서야 사내는 오래도록 비워둔 집으로 돌아왔다. 집엔 아무도 없었고 냉랭한 적막만 흐르고 있었다. 사내는 예전처럼 가스버너에 주전자를 올려놓고 물이 끓는 동안 창밖의 풍광을 바라보았다.

물이 적당한 온도에 이르자 욕조에 부어 찬물과 섞은 후 누더기 같은 옷을 벗어던지고 발가벗은 몸으로 물에 들어가 누웠다.

뜨거운 물속에 몸을 담근 사내는 자기도 모르게 짧은 신음을 내뱉으며 평온해했다. 끈적이는 머리도 감고 면도까지 마친 사내는 기분 좋게 새 옷을 갈아입고 거실로 나와 벽난로에 불을 붙였다.

사내는 불 앞의 푹 꺼진 소파에 앉아 생라면과 1리터짜리 생수를 마시며 허기를 달랬다.

허리를 일으켜 벽난로에 장작 하나를 던져 넣자 불꽃이 사방으로 퍼지다 금세 사그라졌다. 거실 한가운데엔 노인의 휠체어가 덩그러니 놓여 있었다.

사내는 휠체어와 목욕 침대를 어깨에 들쳐 메고 뒷마당 구석으로 나와 엉성하게 만들어둔 창고 앞에 내려놓았다. 오래도록 발길이 닿지 않아 거미줄이 두텁게 덮여 있었다. 문도 단단히 잠겨 있었다. 사내는 손에 들린 열쇠 꾸러미를 만지작거렸다. 열쇠가 너무 많아 하나하나 일일이 넣어봐야 맞는 걸 찾을 수 있을 것 같았다.

한참 만에 맞는 열쇠를 찾아내 문을 열었다.

어두운 창고 안에다 먼저 가스 랜턴을 넣고 불을 밝혔다. 휠체어도 안에 넣으려 들어서던 사내는 멈칫했다. 창고에 들어서자마자 그것이 있었다. 정면에 그토록 찾았던, 50호 사이즈의 사실적이고 화려한 노인의 그림이 완성된 채 놓여 있었다.

사내는 정교한 묘사가 돋보이는 노인의 진짜 그림을 오래도록 본 적이 없었고 그리워했었다. 아주 오래전 미완성으로 기억에 남아 있던 그림이 이제는 완성된 모습으로 눈앞에 있었다. 넋을 놓고 그림을 바라보던 사내는 기어이 흐느끼기 시작했다.

화창한 오후, 카트에 음식 재료를 가득 담은 채 사내가 요양원에 나타났다. 사내는 그곳에 남은 사람들과 식사 준비를 서두르느라 분주했다. 그동안 통조림과 인스턴트 음식이 전부였는데 사내가 밖에서 과일과 각종 재료, 신선한 채소들을 구해왔다. 이렇게 정식으로 조리를 하는 것은 정말 오랜만이었다.

외국인이라 한국 음식에 서툰 젊은 여자를 대신해 자연스레 사내가 주도적으로 요리를 담당했다. 오랜만에 제대로 된 음식을 먹게 된 노인들도 잔뜩 들떠 있었다. 때마침 꼰대와 뺀질이도 고기와 막걸리를 사 들고 방문했다.

오늘도 여전히 수많은 강아지들이 방문객에게 꼬랑지를 흔들며 촐싹거렸고 요양원은 잔칫집처럼 활기가 넘쳤다.

사내가 꼰대와 뺀질이를 소개시켜주었다. 여자의 어눌한 말투를 눈치챈 꼰대가 조심스럽게 물었다.

"한국 사람 아닌가 본데? 어느 나라에서 왔어요?"

여자는 면구스러운 듯 웃으며 말했다.

"부탄에서 왔어요."

사내는 신기해하며 여자를 바라보고 웃었다.

노인의 작업실 중앙에 자리한 매트리스에 사내가 천장을 보고 누워 있다.

물감과 캔버스로 가득한 작업실은 린시드오일과 테레핀 냄새로 가득했다. 사내는 그 냄새가 싫지 않았다. 어딘지 마음에 안식을 주는 것만 같아 좋았다.

아직 해가 저물지 않았는데도 작업실은 어두침침했다. 사내는 누운 채 창밖으로 들려오는 공허한 바람 소리에 귀를 기울였다. 그러다 머리맡에 재떨이가 있는 것을 발견하곤 누운 채로 손만 길게 뻗어 끌어와 명치 위에 올려놨다. 재떨이엔 담배와 누런색 지포라이터가 들어 있었다.

담배를 꺼내 물고 불을 붙여 연기를 깊게 들이마시자 마른 기침이 끊이질 않고 터져 나왔다. 그리고 차분해진 그의 시선을 따라가면 가장 크고 넓은 흰 벽면 한가운데 노인의 숨겨진 유일한 그림이 걸려 있다. 사내는 길게 뻗은 다리를 꼬고 누운 채 발만 까닥거리며 콧노래를 흥얼거렸다.

6

나를 버릴지라도

어둠 속에 몸을 동그랗게 말고 누운 채 떨고 있는 15살 여자아이 해영이 있다. 아이는 온통 뒤엉킨 머릿속을 헤집으며 실마리를 찾으려 애썼다. 어디서부터 잘못된 걸까?

온종일 내내 비가 퍼붓던 오후였다. 피아노학원을 마치고 집으로 돌아가는 길, 노끈 줄에 다리가 묶여 있던 길고양이를 도와주려 쪼그려 앉았을 뿐인데 갑자기 우악스런 팔뚝이 허리를 휘감았다. 몸이 번쩍 들어 올려지더니 아가리처럼 활짝 열린 승합차 속으로 내던져졌고, 그러는 동안 소리 한 번 지르지 못했다.

순식간에 벌어진 그날의 일을 해영은 지금까지도 생생하게 기억했다. 뒤늦게 상황을 깨닫고 겁에 질려 울며불며 살려달라 애원했지만 아무 소용 없었다. 운전석에 앉은 아저씨는 낯고 무서운 음성으로 엎드리라며 으박질렀다. 뒷좌석을 꽉 채운 거구의 남자는 부리부리한 눈을 치뜨며 한 대 칠 기세였다. 소음과 빗소리가 뒤섞인 도로를 달리는 동안에도 신호에 맞춰 차는 멈춰서기를 반복했다. 그러나 공포에 제압당한 아이는 감히 도망칠 시도조차 못 할 정도로 무기력했다.

고작 15살 여자아이였다. 감당하기 힘든 상황 속에서도 누군가 반드시 구원해 줄 거란 헛된 믿음을 가진. 그때 차 안에서 아무런 저항도 않고 고분고분 굴었던 걸 지금은 후회했다.

해영은 오는 동안의 과정을 곱씹어보며 여기가 어디일지 가늠해봤다. 중간에 그들이 준 음료를 마신 후 까무룩 정신을 잃었고, 머리가 흐릿한 상태에서 캄캄한 밤이 된 걸 알았고, 몸이 계속 흔들리면서 배를 타고 있구나, 짐작했다. 그렇게 이 섬에 들어왔다.

불행이 시작된 그날로부터 얼마나 시간이 흘렀는지는 정확히 알지 못했다. 대략 반년 정도는 지나지 않았을까 싶었다.

해영은 갇혀 있는 이곳이 너무도 낯설었다. TV에서 본 옛날 시골집처럼 실내와 분리된 부엌 공간인 것 같은데, 요즘은 흔히 볼 수 없는 아궁이 위에 솥이 걸린 부뚜막이 있었다. 정말 오래되어 보이는 집이었다.

천장 끄트머리에 환풍구처럼 뚫린 한 뼘 남짓한 창으로 파도 소리가 가까이 들려왔고, 낮에도 해가 잘 들지 않아 벽면엔 곰팡이가 까맣게 번져 있었다. 부엌엔 작은 골방 비슷한 생활공간이 있었는데, 방 안엔 바닷가 습기로 눅눅한 이불을 꽁꽁 싸매고 잠들어 있는 9살 여자아이 은별이가 있었다. 아이는 해영이 오기 두어 달 전에 이미 이곳에 먼저 잡혀왔다고 했다.

부엌엔 쥐들이 제멋대로 기어 다녔지만 해영은 전혀 놀라지 않았다. 오히려 기다렸다가 주머니에 숨겨둔 밥알을 던져주며 쥐들을 길렀다. 창밖에 시커먼 어둠이 돌연 시뻘건 빛으로 뒤바뀌는 걸 보면서 해가 뜨고 있다는 걸 알아차렸다. 해영은 몸을 일으켜 물에 불린 쌀을 솥에 부어놓고 아궁이에 불을 지피기 시작했다.

뒤늦게 잠에서 깬 은별이도 하품 한 번 늘어지게 하곤 밥상을 닦고 수저를 놓으며 해영을 도왔다. 9살, 15살 아이답지 않은 조용하고 능숙한 동작이었다.

밥상이 다 차려지자 부엌문 자물쇠가 열리며 오씨 할멈이 들어왔다. 냉큼 상을 받아들고는 평상으로 가져갔다. 평상 위엔 오씨 할멈의 손자이며 해영을 납치할 당시 현장에 있던 거구의 남자, 산돼지가 막 자다 일어난 뻗친 머리로 앉아 있었다. 이곳은 산이 없는 섬인데 갓 스무 살이 넘은 듯한 그를 왜 산돼지라 부르는지 알 수 없었다.

아침상을 받아 든 오씨 할멈과 산돼지는 아이들이 지켜보는 가운데 밥과 미역국을 입속으로 욱여넣기 시작했다. 그런 와중에 해영이 문득 은별이의 엉덩이에서 핏물이 배어 나오고 있는 걸 보고 당황했다. 초경이 시작된 것이다. 해영은 그 자리에서 내색하지 않았다. 되도록 저들이 눈치채지 않아야 했다. 침착하게 은별이의 바지 안에서 윗옷을 밖으로 꺼내 엉덩이를 가렸다. 옷이 넉넉해서 덕분에 감쪽같이 감춰졌다. 다행이었다.

산돼지와 오씨 할멈은 게 눈 감추듯 밥을 먹어치운 후, 먹다 남긴 미역국을 냄비에 쏟아 다시 끓이게 했다. 아이들은 그제야 남은 반찬과 미역국으로 허기를 채웠다.

오씨 할멈은 아이들이 밥을 먹는 동안에도 가만히 내버려두지 않았다. 갈수록 밥을 많이 먹는다는 둥 물을 아껴 쓰라는 둥 내내 면박을 주었고, 그래도 성이 안 풀리면 소리까지 꽥꽥 질러댔다.

이곳은 한눈에도 작은 섬이란 걸 알 수 있었다. 주민들이라고는 팔순이 넘은 고령의 노인 몇 명이 전부였다. 식사 후에도 아이들에게 일감은 끊이질 않고 이어졌다. 잡다한 허드렛일에 하루 종일 두 아이는 혹사당하고 있었다.

산돼지는 이따금씩 은별이를 불쾌한 시선으로 응시했고, 그럴 적마다 해영은 일부러 둘 사이에 끼어들며 딴전을 피웠다. 산돼지는 말수가 적었고 낯가림도 심했다. 가끔 들리지도 않는 작은 소리로 저희들끼리만 귓속말로 소통할 정도로 사회성마저 떨어져 보였다. 산돼지는 집에서 10분 정도 떨어진 농장의 염소들을 애지중지 아꼈고 매번 은별이를 데려가 배설물을 치우는 따위의 잡일을 시켰다. 해영은 산돼지와 은별이 단둘만 농장에 있는 걸 항상 불안해했다.

오후가 되자 산돼지가 뛰듯이 들어와 해영과 은별이의 입과 눈을 가리고 손발을 묶었다. 그런 다음 뒤뜰에 있는 우물에 아이들을 숨겼다.

메말라버린 우물은 더 이상 사용하지 않아 흙으로 메워져 있었다. 깊이는 2미터 정도밖에 되지 않았다. 오씨 할멈은 우물 위에 나무 덮개를 닫고 그 위에 해진 그물이며 비닐 천이며 잡다한 물건들을 올렸다. 이 모든 게 뭔가를 대비하는 듯 보였다.

이 집의 앞마당에 서면 드넓은 바다와 선착장이 한눈에 들어왔다. 저 멀리 작은 배 하나가 기다란 포말을 일으키며 섬으로 들어오는 게 보였다.

섬마을 선착장에 배가 정박하자 양손에 가득 짐을 든 덕칠이가 배에서 폴짝 뛰어내렸다. 그날 밤 운전석에 있던 바로 그 중년 남자였다. 뒤이어 머리가 희끗한 경찰관이 능글거리며 뒤따라 내렸다. 그가 먼저 말을 걸었다.

"자네가 고생이 많아. 덕칠이네 없었으며 어쩔 뻔했어. 노인들만 사는 섬에 젊은 사람이라곤 자네랑 그 집 아들내미뿐이잖아. 마을 궂은일도 도맡아 하고. 여기가 난청 지역이라 전화도 안 터지고 날씨가 조금만 흐려도 파도가 지랄 같아서 한 달에 한 번 순시 오는 것도 힘이 들거든. 그래도 자네가 있어 마음이 놓여. 그러니 마을 어르신들이 믿고 의지하는 거겠지."

부러 친근하게 굴며 다가간 경찰관은 덕칠이의 무뚝뚝하고 시큰둥한 반응에 조금 민망해했다. 어색했는지 경찰관은 덕칠의 양손 가득 들린 짐을 들여다보며 화제를 돌렸다.

"뭐가 이렇게 많아? 한 달에 한 번 뭍에 나간다고 마을 어른들이 많이도 부탁했나 보네."

덕칠이 뿌리칠 겨를도 없이 무례하게 짐을 헤집어보던 경찰관이 돌연 멈칫했다. 짐 속에 생리대가 들어 있었다. 노인들만 사는 섬에 생리대가 왜 필요한지 경찰관은 생각해보는 것 같았다.

당황한 덕칠이 뒤늦게 허리 뒤춤으로 짐을 뺐다. 어떻게 말해야 하나 변명거리를 생각하는데, 오히려 경찰관이 먼저 설명할 필요 없다는 듯 손을 내저었다.

"아무튼 필요한 거 있으면 언제든 연락 줘."

경찰관은 늘 그랬듯이 성가신 일에 관여하기 싫어했다. 피치 못할 이유가 있을 거라 제멋대로 판단하고는 모른 척 자리를 피했다.

어느덧 늦은 오후가 되었고 관할구역의 의례적인 순시를 마친 경찰관은 다시 배에 올랐다. 그걸 덕칠이가 앞마당에 우두 커니 서서 내려다보았다. 배에 오른 경찰관은 언덕 위 파란 지 붕 집 앞마당에서 자신을 내려다보는 덕칠이에게 손을 흔들어 보였다. 덕칠이도 가볍게 손을 들어 경찰관을 배웅했다.

경찰관이 탄 배가 멀리 사라지자 산돼지는 그제야 우물에 숨겨둔 아이들을 꺼내 부엌으로 밀어 넣었다. 덕칠이는 짐 속 에서 생리대를 꺼내 해영에게 신경질적으로 던지며 소리쳤다.

"사다준 지 얼마나 됐다고 벌써 다 썼어! 좀 아껴 써!"

작지만 단단한 체구를 가진 덕칠은 뭐가 불만인지 항상 화 가 난 얼굴을 하고 있었다. 아이들이 마뜩찮은 오씨 할멈은 덩 달아 핀잔을 늘어놓았다.

"애들이 느려 터져서 아무짝에도 쓸모없다니까. 그리고 애 비야, 집에 쥐가 부쩍 많아졌어. 지난번에 뿌려둔 쥐약은 영 신 통치 않은 것 같아. 쥐새끼들이 도통 뒈지질 않네."

"이번 건 약발 좀 들 거야. 내가 센 놈으로 달라고 했으니까."

덕칠이 오씨 할멈에게 쥐약을 건네고는 해영을 위아래로 훑 어보았다. 마치 관찰을 하는 것처럼. 그렇게 대놓고 이리저리 볼 때마다 해영은 숨이 딱 멎는 것만 같았다. 그의 음흉한 시선 은 시간이 지나도 도통 익숙해지지 않았다.

밤이 되자 부엌엔 해영과 은별이만 남겨졌고, 문은 다시 자물쇠로 잠겼다. 애석하게도 갇혀 있는 지금이 그나마 아이들에게 유일하게 허용되는 자신들만의 시간이었다.

해영은 은별이의 속옷에 생리대를 붙여주며 방법을 설명했다. 그러고 나서 피가 묻은 은별이의 속옷을 양동이에 미리 받아둔 차가운 물에 담궈 두 손을 비벼가며 손빨래를 했다. 그러는 동안 은별이는 구멍처럼 뚫린 환풍구 밖으로 보이는 별을 보며 간절히 기도를 하기 시작했다.

"엄마가 저를 찾을 수 있게 전해주세요. 엄마, 아빠 꼭 만나게 해주세요."

해영은 순진하기만 한 은별이를 바라보는 게 안타까웠지만 일부러 매정하게 말했다.

"기도해봐야 소용없어. 아무도 우릴 도와주러 오지 않을 거니까."

그럴 때마다 은별이는 당장이라도 울음을 터트릴 것처럼 글썽거렸다. 해영은 미안해도 어쩔 수 없다는 듯 단호했다.

"잘 들어. 우린 어떻게든 여길 빠져나갈 거야. 그러기 위해선 우리가 힘을 합쳐야 해. 전에 얘기하는 걸 들었는데 여기가 전화가 안 터져서 다음번에 경찰이 섬에 오는 날, 마을회관에 비상전화를 설치할 거라고 했어. 오늘 우릴 오랫동안 우물 속에 가둬둔 걸 보면 경찰이 와서 전화를 설치한 게 분명해. 덕칠이는 육지에 다녀온 다음 날엔 항상 점심을 먹고 마을을 돌며 구해온 물건들을 배달했어. 아마 내일도 물건들을 배달하느라 집을 비울 거야. 할머니는 밥만 먹으면 낮잠을 자니까 그때가 기회야."

"그럼 산돼지는?"

은별이가 걱정스런 눈을 하고 묻자 해영은 비닐에 꽁꽁 싸맨 가루를 보여주며 대답했다.

"이건 그동안 내가 모아놓은 쥐약이야. 네가 내일 염소 농장에 가면 이걸 염소 밥에 몰래 뿌려. 산돼지는 염소를 아끼니까 염소들이 이상하면 집으로 곧장 돌아오지 않고 거기 계속 있을 거야."

"그러다 염소가 죽으면 어떡해?"

"걱정 마, 양이 얼마 안 돼서 그 정도로 죽진 않을 거야."

그동안 정이 들어버린 염소를 해코지하는 게 은별이는 내키지 않았다. 망설이는 은별에게 해영이 일부러 눈을 부릅뜨고 무섭게 말했다.

"엄마 만나고 싶다며. 정신 똑바로 차려야 돼! 아무도 우릴 구해주지 않아. 우리 스스로 해야 한다고!"

"언니, 나 무서워……."

"마음 단단히 먹어. 서둘러야 하니까. 시간이 얼마 없어."

잠시 머뭇거리던 해영은 결의를 다지려는 듯 눈을 빛내고 있었다.

"반드시 알릴 거야. 맞아 죽는 한이 있어도."

새벽 4시를 가리키는 청량리역 광장 시계탑 아래 다부진 체격의 청년 장동철이 있다.

제법 쌀쌀한 날씨였다. 그는 꾸부정하게 웅크린 채 길게 뻗은 다리 사이로 두 손을 끼워놓고 앉아 있었다. 기다리던 승합차가 도로에 멈춰 서며 차창 밖으로 손짓하자 동철은 서둘러 달려가 뒷좌석에 올랐다.

차는 이내 출발했다. 운전석에 앉아 한 손으로 핸들을 잡은 강 사장이 먼저 입을 열었다.

"박 과장이랑 중학교 동창이라고? 대충 얘기 들어서 알겠지만 오늘은 그냥 면접이야. 채용 여부는 면접이 끝나고 바로 결정할 거야. 옛날에 운동 좀 했다며?"

동철은 자신감이 배어나는 얼굴로 미리 준비한 대답을 늘어놓았다.

"프로복싱 헤비급 챔피언이었습니다. 올림픽엔 국가대표로 출전했습니다."

"국가대표까지 했으면서 왜 그렇게 살았어? 이력서엔 공장도 다니고, 웨이터도 하고, 나이트클럽 보안요원에 죄다 2개월, 3개월 잠깐씩 일하다 그만뒀던데. 인내심이 없나 본데?"

자존심을 긁는 무례한 말에 동철은 불쾌했지만 애써 내색하지 않고 설명했다.

"평생 운동밖에 할 줄 아는 게 없다 보니 선수 은퇴하고 찾아주는 데가 없었습니다."

"최근까지 청소년 수련관에서 헬스 트레이너로 있었다던데, 거긴 왜 그만둔 거야?"

"근무 시간에 비해 월급이 너무 적었습니다. 돈이 좀 필요했거든요."

"돈이 필요하면 건달이 낫지 않나? 스카우트 제의도 많았을 것 같은데?"

"민간인 때리는 거 적성엔 안 맞습니다."

"국가대표였다면서? 올림픽에서 메달 따면 연금도 나오지 않나?"

"4위 했습니다."

"노메달은 아무것도 없어? 너무하네, 야박하게. 근데 돈은 왜 필요한 거야? 유흥비?"

계속 신경을 건드리는 말이 거슬렸지만 동철은 감정을 억누르고 말을 이었다.

"엄마가 아파트 계단 청소 일을 하시는데 그거 보기 싫어서요."

"효자네. 엄마랑 둘이 살아? 아빠는?"

"제 인생에 그런 인간은 없습니다."

동철은 갑자기 평정심을 잃고 버럭 했다. 강 사장도 살짝 당황했는지 화제를 바꿔 물었다.

"실업팀에도 있었다던데 거긴 왜 그만둔 거야?"

"그건 제가 사회성이 부족해서…… 근데 그런 것까지 말해야 하나요?"

동철이 곤란해하며 대답을 피하려는데도 강 사장은 집요하게 물었다.

"괜히 조직에 분란 일으키고, 동료들 때리고 막 그런 건 아니고? 질문이 기분 나빠도 면접이니까 이해해. 어째서 다니는 직장들은 죄다 반년도 못 채우는지, 잘 다니던 실업팀은 왜 그만뒀는지, 고용하는 내 입장에서는 당연히 따져봐야 하는 거야."

미간에 잔뜩 주름이 잡힌 동철은 생각하기 싫은 지난 기억을 끄집어냈다.

"감독이 여자 후배들을 지속적으로 추행한다는 걸 알고 욱해서 때렸습니다. 주먹을 휘두른 건 잘못이지만 그렇다고 아무나 이유 없이 때리진 않습니다. 다만 별것도 아닌 것들이 자기보다 약하다고 함부로 찍어 누르는 걸 보면 참을 수가 없을 뿐입니다."

"그래서 그만뒀다? 근데 왜 참을 수 없는 건데? 혹시 아버지 영향이야?"

동철이 눈알을 부라리며 불쾌한 감정을 드러내자 강 사장은 태세를 전환하며 얼른 사과했다.

"미안, 박 과장한테 아버지 얘기도 들었어. 기분 상했다면 그건 내가 사과할게."

동철은 흥분을 가라앉히려 깊이 숨을 토해내며 천천히 말을 꺼내놓았다.

"젖먹이 때부터 엄마랑 단둘이 살았습니다. 근데 그 인간이 한 번씩 찾아와 엄마를 때렸어요. 제가 초등학교 6학년이 될 때까지 이어졌죠. 그럴 때마다 엄마가 맞지 않게 해달라 매일매일 기도했는데 들어주지 않더군요. 그래서 힘을 키우고 스스로 강해지기로 했죠. 중학생이 되니까 남들보다 빨리 몸집이 커지면서 그렇게 엄마를 지킬 수 있었습니다."

어느덧 날이 밝아오고 있다. 고속도로 휴게소에 차량을 정차해두고 동철은 알감자와 어묵을 양손에 들고 돌아오다 멈칫했다. 차에 혼자 남은 강 사장이 이상한 행동을 하고 있었다. 그는 눈을 질끈 감고 고개를 하늘로 올린 채 기도하듯 중얼거리고 있었다.

동철은 방해되지 않도록 최대한 숨을 죽인 채 차에 올랐지만 강 사장은 금세 기척을 느끼곤 하던 걸 그만두었다. 대신 냉큼 알감자를 받아 허겁지겁 먹기 시작했다. 동철도 어색하게 어묵을 입에 물고 차 안을 새삼스레 둘러보았다. 차 안엔 십자가며 불상이며 묵주, 염주 등등 세상 모든 종교 물품들이 가득하다는 사실을 뒤늦게 눈치챘다. 동철은 조심스레 물었다.

"근데 이 회사는 무슨 일을 하는 곳인가요? 혹시 불법적인 거나, 사람 때리는, 뭐 그런 일 하는 곳은 아니죠? 만약 그런 일이라면 제가 좀 곤란해서요."

"사람 때리는 거 싫어한다는 얘기 들었어. 그런 애가 어떻게 감독은 때리고 잘렸어?"

"그럴 만한 이유가 있었다고 말씀드렸는데요. 전에 철거용역도 한 적이 있지만 그때도 적성이 맞지 않아 바로 그만뒀습니다. 혹여 그런 회사라면 지금이라도 돌아가겠습니다."

동철은 고개를 빳빳하게 치켜들었다. 비록 취업은 절실했지만 그 점에 있어서는 분명한 의사를 전달했다. 강 사장이 나지막한 목소리로 말했다.

"그런 건 아니야. 사업자도 있는 합법적인 회사니까 걱정 안 해도 돼. 구체적으로 알려줘?"

"아닙니다. 그럼 됐습니다. 그런 일만 아니라면 전 뭐든지 상관없습니다."

동철이 관심 없는 척 굴었지만 내심 궁금해하고 있단 걸 눈치채고 강 사장이 살짝 떠보았다.

"궁금해? 말해줄까?"

강 사장은 침묵으로 대답을 대신하는 동철을 흘깃 보더니 숱이 별로 없는 머리칼을 쓸어 넘기며 말을 이었다.

"쉽게 설명하자면, 세상 모든 종교로부터 하청을 받아 일을 해결하는 회사라고 이해하면 돼. 일종의 하도급 회사지. 거기 윗분들은 워낙에 바쁘시니까 이런저런 소소한 문제들을 일일이 다 돌볼 수가 없거든. 그래서 우리 같은 하청업체에 일을 줘서 원만하게 해결하는 거야. 대한민국에 없는 종교가 없잖아. 전부 우리 고객이라고 보면 돼."

동철은 그제야 종교 물품이 무분별하게 모여 있단 사실이 납득 간다는 듯 무릎을 툭툭 쳤다.

"이력서엔 무교라고 적혀 있던데. 믿음이 없어? 특별히 종교를 불신하는 이유라도 있나?"

"불신하는 건 아닌데 제 경우는 아무리 빌어도 얘기를 들어 주지 않는 것 같아서……."

"그건 좀 곤란하네. 우리 업무가 워낙 종교계랑 친밀한 회사다 보니 아무래도……."

난처해하는 동철을 살피다 강 사장은 참았던 웃음을 터트렸다.

"장난이야, 실은 나도 무교야. 특정 종교에 치우치지 않으면 오히려 더 좋아."

동철은 말장난을 좋아하지 않았기에 불쾌한 감정이 표정에 그대로 드러났다. 그러거나 말거나 강 사장은 장난스레 이력서를 들춰보며 물었다.

"단점이…… 잘 웃지 않음? 진짜 안 웃어? 언제부터 웃음을 잃은 거야?"

"저는 단순한 사람이라 복잡하고 어려운 건 딱 질색입니다. 그러다 보니 세상일이 쉽지 않고 뜻대로 되지 않는다는 사실을 알고부터 웃을 일이 없었습니다."

사뭇 진지한 얼굴을 한 동철을 흘깃거리며 강 사장은 웃음기를 거두었다. 그러곤 혼잣말처럼 읊조렸다.

"기적이 필요할 때긴 하지."

어느덧 해가 중천에 떠올랐다. 해영이 마당 수돗가에 홀로 앉아 빨래를 하고 있을 때 덕칠이와 은별이가 집으로 돌아왔다.

툇마루에 등을 깔고 누워 있던 오씨 할멈이 산돼지는 안 오고 왜 둘이서만 오냐고 물었다. 덕칠은 대수롭지 않게 대답했다.

"염소 새끼 한 마리가 이상하다고 잠깐 지켜본대요."

은별이는 은밀한 눈짓으로 해영에게 맡은 임무를 차질 없이 수행했음을 알렸다.

예상대로 덕칠은 육지에서 구해온 물품들을 챙겨들고 나와 대문을 나섰다.

오씨 할멈도 낮잠을 자려는지 평상에 등을 깔고 벌러덩 드러누웠다.

해영은 여느 날보다 바쁘게 집 안을 정리하고 구석구석 걸레질을 해댔다. 아이들이 스스로 일을 찾아 할수록 오씨 할멈의 잔소리는 잦아들었다. 최근 들어 고분고분하게 굴었던 덕분에 저들의 경계가 느슨해진 것도 사실이었다.

빨래를 하는 척하며 슬금슬금 눈치를 살피던 해영은 오씨 할멈이 잠이 든 것 같자 빨래 바구니를 들고 슬그머니 대문 쪽으로 다가갔다.

긴장과 흥분으로 입안은 타들어가고 심장은 널뛰듯 쿵덕거렸다. 한 걸음만 내디디면 곧장 대문 밖으로 나설 수 있을 만큼 가까웠지만 마지막 한 걸음이 쉽게 떨어지질 않았다. 해영은 눈을 질끈 감으며 빌었다. 간신히 끌어모은 의지가 두려움에 꺾이지 않기를.

그러다 문득 등 뒤로 서늘한 기운이 느껴져 귀밑 터럭이 곤두섰다.

천천히 고개를 돌리는데, 언제부터였는지 상체를 일으키고 퀭한 눈으로 바라보는 오씨 할멈과 눈이 딱 마주쳤다. 해영은 하마터면 소릴 지를 뻔했다. 오씨 할멈은 깊은 주름살을 구기며 특유의 표독스런 얼굴로 소리쳤다.

"설거지는 언제 하려고 아직까지 빨래만 하고 있어?"

점심에 삼겹살을 구워 먹은 고기 판에 기름이 촛농처럼 하얗게 굳어 있었다.

해영이 허둥대며 설거지 그릇들을 수돗가로 가져가자 오씨 할멈의 핀잔이 이어졌다.

"기름때가 찬물로 씻기냐? 뜨거운 물로 해야 깨끗하게 설거지가 되지!"

해영은 서둘러 아궁이로 달려가 장작불에 마른 장작을 집어넣어 화력을 높이고 가마솥에 물을 부었다. 할멈은 매서운 눈매로 해영을 쫓다 혀를 끌끌 차고는 다시 평상 위에 발라당 드러누웠다.

가마솥에 물이 펄펄 끓어올랐다. 해영은 바가지로 뜨거운 물을 양동이에 옮겨 담아 수돗가로 나왔다. 그리고 이번에는 오씨 할멈이 확실히 잠이 든 걸 확인하고 다시 한번 조심스레 대문으로 향했다.

오씨 할멈과 해영 사이를 번갈아 지켜보던 은별이는 조마조마하기만 했다. 고개를 이리저리 돌리느라 고개가 다 아플 정도였다. 해영도 등줄기로 연신 식은땀이 흘러내렸다. 두려움에 자꾸만 망설여졌지만 정신을 차리고 머리를 세차게 흔들었다. 여기서 늙어 죽을 순 없다 다짐하며 어렵사리 대문 문턱에 발을 얹었다.

"어디 가?"

느닷없이 덕칠이 막아섰다. 예상치 못한 그의 등장에 해영은 돌처럼 뻣뻣하게 굳어버렸다. 핏기가 가신 창백한 표정에 동공은 미친 듯이 흔들렸다.

짙은 눈썹 아래 부리부리한 덕칠이의 눈매가 빛이라도 쏠 것처럼 날카로웠다. 해영은 좁은 보폭으로 뒷걸음질 치며 절망했고, 고스란히 지켜보는 은별이는 겁에 질려 이까지 다닥다닥 떨었다.

수상해 보였는지 덕칠이 목소리를 높여 윽박질렀다. 해영은 혀가 입천장에 찰싹 달라붙어 변명조차 못하고 급기야 극한의 두려움 속에 풍덩 빠져버렸다. 허우적거리며 필사적으로 발버둥 쳐보지만 그럴수록 점점 더 깊은 수렁으로 빨려 들어갔다. 그리고 지금이 마지막 기회라는 생각이 머릿속을 스치자 초인적인 힘을 발휘해 손에 들고 있던 양동이의 뜨거운 물을 그의 얼굴에 부어버렸다. 덕칠은 짐승 같은 비명을 지르며 바닥에 나뒹굴었다.

제 행동에 놀라 머뭇대던 해영은 양동이를 집어 던지고 등을 돌렸다. 갯벌 진창에 빠진 발을 뽑아내듯 힘겨운 걸음을 뗀 다음 미친 듯이 달리기 시작했다. 등 뒤로 덕칠의 욕설이 쏟아졌지만 아랑곳하지 않고 무작정 달렸다. 마을의 노인들이 하나둘 고개를 내밀며 흘끔거렸지만, 이들은 절대 도움을 주지 않을 거란 사실을 알았다.

해영은 등 뒤로 정신을 차린 덕칠이 쫓아오고 있다는 걸 느꼈다. 또한 그가 성큼성큼 뛰어 거리를 좁혀오고 있다는 것도 소리로 알 수 있었지만 차마 돌아볼 순 없었다. 만약 돌아본다면 그 자리에서 두 다리가 돌처럼 굳어버릴 것만 같았다. 당장이라도 덕칠의 손이 우악스럽게 목덜미를 잡아챌 것만 같아 절로 목이 뻣뻣해졌다.

해영은 좁은 길목을 따라 마을회관이 있는 곳으로 내달렸다. 사전에 대략적인 위치를 짐작해두긴 했어도 어디인지 확신할 순 없었다. 언덕을 내달려 바닷가 선착장까지 내려왔지만 생각과 달리 마을회관이 한눈에 보이지 않아 당황했다. 분명 바닷가 선착장 옆이라고 들었는데. 이리저리 두리번거렸다. 다행히도 멀찍이 떨어져 있는 단층 건물을 찾아낸 해영은 지체 없이 방향을 틀어 다시 달렸다.

마을회관의 문은 뻑뻑했지만 잠겨 있진 않았다. 실내는 어두웠고 급한 마음에 허둥댔어도 얼른 비상전화기를 발견할 수 있었다. 수화기를 들면 신호가 자동으로 연결되는 전화기는 신호가 한참이 되어도 연결되지 않았다. 초조한 마음에 손과 이가 달달 떨렸다. 당장이라도 덕칠이 문을 박차고 뛰어 들어올 것만 같았다. 수화기 너머 소리가 들려왔다.

"병도경찰서 비상전화기입니다."

막상 전화가 연결되자 멍해져 입이 떨어지지 않았다. 해영은 머릿속에 뒤엉켜 있던 생각들을 가까스로 정리해 어렵게 한마디를 내뱉었다.

"도, 도와주세요……."

"병도경찰서 비상전화기입니다. 신호가 약해 연결이 지연되고 있으니 잠시 기다려주십시오."

무심한 안내 음성에 해영의 얼굴은 납덩이처럼 굳어졌다. 한참을 이어지던 신호음도 결국엔 끊어지며 뚜- 하는 소리만 귓가에 맴돌았다.

빈속이 울렁거린 해영은 돌연 머리가 쭈뼛 서며 밀려드는 공포에 모골이 송연해졌다. 화상으로 얼굴이 벌겋게 익은 덕칠이가 문을 막고 우두커니 서 있었다. 이를 드러내고 인상을 쓰는 그의 눈빛에선 섬뜩한 광기가 느껴졌다.

가냘픈 해영의 몸뚱이가 거친 발길질에 바닥으로 나동그라졌다.

겁에 질린 아이는 머리끄덩이를 붙잡힌 채 건물에서 끌려 나올 수밖에 없었다. 해영은 처음으로 생각했다. 지옥과도 같은 이곳을 벗어나지 못할 수도 있겠구나.

덕칠은 해영을 질질 끌다시피 해 집으로 향했다. 요란한 소리에 마을 노인들이 하나씩 얼굴을 내밀었다. 그들은 그저 안쓰러워하며 방관할 뿐, 나서는 이는 아무도 없었다. 노인들은 그동안 지속적인 학대를 목격했지만 묵인했고, 그렇게 동조해왔다.

집 앞마당으로 돌아오고 나서야 본격적인 폭행이 이어졌다.

가혹하고 가차 없는 주먹질과 발길질에 아이는 짐짝처럼 나뒹굴었고, 겁에 질린 은별이는 울며불며 고사리 같은 두 손으로 빌기 시작했다. 심상치 않은 소란에 옆집 할머니가 고개를 내밀고 빤히 쳐다보았다. 신경 쓰였던 오씨 할멈이 방에서 돋보기안경을 들고 와 시야를 막고 달래듯 말했다.

"부탁한 게 이거지? 우리 아들이 뭍에 가서 어렵게 구해왔어. 또 필요한 거 있으면 말하쇼."

매 맞는 아이와 손에 쥔 돋보기를 번갈아 보던 옆집 할머니도 결국엔 외면하고 돌아섰다.

얼굴에 맺힌 땀방울이 몸짓에 따라 사방으로 흩어질 정도로 덕칠이의 매질은 잔혹했다. 아이가 맞아도 더는 꿈쩍하지 않자 그제야 폭행을 멈춘 덕칠이 밭은 숨을 토해내며 경고했다.

"아무도 너희를 구하러 오지 않으니까 헛짓거리 할 생각들 말아. 너희는 평생 여기 살면서 아들 낳고 손주 낳고 그렇게 살아가면 되는 거야! 그러니 딴짓들 말라고!"

그가 코앞으로 얼굴을 들이밀며 짐승 같은 숨소리로 으르렁거렸다. 해영은 욱신대는 얼굴을 부여잡은 채 모든 게 부질없다는 걸 처절하게 깨달았다. 당장은 이 순간이 지나가기만을 바랐다. 아이는 붙들고 있던 마지막 실오라기 같은 희망마저 놓아버렸다.

옆집 할머니는 아이들을 뒤로하고 돋보기 안경을 썼다. 덕분에 바다가 훤히 보여 기분이 좋아 보였다. 오전부터 흐렸던 날씨는 얄궂게도 날이 개어 쾌청했고 잔잔한 수면 위로 햇빛이 내려앉은 물결이 은빛으로 반짝거렸다. 그리고 할머니의 돋보기안경 너머로 섬을 향해 점점 다가오는 낡은 배 한 대가 보였다.

오씨 할멈도 뒤늦게 배를 발견하고는 다급하게 덕칠이를 불렀다. 배가 이곳 섬으로 들어오고 있는 게 분명해 보이자 그들은 서둘러 아이들을 묶어 우물에다 숨겼다.

선착장에 배가 닿자 힘차게 뛰어내리는 두 사람, 강 사장과 동철이다.

배멀미를 심하게 한 탓에 동철이 토악질을 해대자 강 사장이 한심한 듯 쳐다보며 타박했다.

"내가 멀미할 거라고 적당히 먹으라 했잖아."

"도대체 어디까지 가는 겁니까?"

동철은 신입사원 면접을 이렇게까지 해야 하는 건가 싶어 불만이 가득했다. 강 사장은 고개를 들어 언덕 위 파란 지붕 가옥을 빤히 올려다보았다. 그리고 거기가 목적지라는 듯 방향을 잡고 걷기 시작했다.

얼굴을 잔뜩 구긴 동철을 데리고 덕칠의 집 앞마당까지 태연하게 들어서는 강 사장. 달갑지 않은 손님의 방문에 덕칠은 입술을 깨물며 애써 태연한 척했지만 눈에 날카롭게 품은 경계심은 감추지 못했다.

"누구요? 누군데 남의 집에 함부로 들어오는 거요?"

게슴츠레한 눈으로 둘러보기만 할 뿐 대꾸하지 않던 강 사장이 대뜸 말을 내뱉었다.

"집에 데려가야겠습니다."

"뭐요? 그게 무슨⋯⋯."

그윽한 음성으로 강 사장은 다시 한번 말했다.

"여기에 어린 여자아이가 있다고 하던데, 어디 있어요?"

여자아이란 말에 얼굴이 납빛으로 굳은 덕칠은 혹여 마을의 누군가 입을 함부로 놀렸나 싶어 혼란스러웠다.

그러면서도 시치미를 떼며 버럭 소리를 내질렀다.

"뭐, 뭔 소리야? 여기 여자애가 어디 있다고. 빨리 나가요, 나가! 당신들 뭐야? 경찰이야?"

"아, 됐습니다. 시끄럽고! 잠깐 기다려봐요!"

강 사장이 말을 자르며 소리쳤다. 이윽고 하늘을 향해 눈을 감은 채 휴게소에서처럼 또다시 기도하듯 중얼거리기 시작했다. 덕칠은 의아해했고 가만히 지켜보던 동철이도 왜 또 저러나 싶어 어리둥절해했다.

잠시 후 강 사장은 고집스레 눈을 부릅뜨더니 확신에 차서 소리쳤다.

"우물에 숨겨놨어요?"

놀란 덕칠이와 오씨 할멈은 당장이라도 심장이 터질 것처럼 쿵쾅쿵쾅 요동쳤다.

"어디 보자…… 우물이 뒤에 있다는데?"

뒤뜰로 가려는 강 사장을 오씨 할멈이 온몸으로 막아섰다. 강 사장은 늙은 할멈을 한 손으로 뿌리치고 뒤뜰로 거침없이 발걸음을 옮겼다. 어쩔 줄 몰라 안절부절못하던 덕칠은 서둘러 주방으로 들어가 흉기가 될 만한 칼을 허리춤에 숨겼다.

우물을 찾아낸 강 사장이 동철에게 덮어놓은 잡다한 것들을 치우게 했다. 동철은 내키지 않았다. 왠지 불법적인 일에 자기를 끌어들인 것 같아 망설여졌다.

빛 하나 없는 어둠 속에 갇힌 해영과 은별은 두려움에 떨었다. 해영은 정신이 혼미해지고 의식이 흐릿해지는 걸 간신히 붙들고 있었다. 아직은 희미하게 의식이 남아 있던 해영은 밖에서 들리는 기척이 귓가에 뭉개지듯 들려오는 걸 알아챘다. 해영은 소리를 내보려 안간힘을 썼지만 재갈이 물린 탓에 웅얼웅얼하는 소리만 입안에서 맴돌 뿐이었다.

무거운 눈꺼풀이 감기는 걸 필사적으로 버텨내던 해영은 까무룩 정신을 잃어갔다. 밖에서 울리던 소란스런 소리는 점차 멀어져가고 정신은 까마득한 나락으로 떨어지려는 순간. 우물의 덮개가 열리고 강한 빛줄기가 쏟아지며 낯선 남자의 얼굴이 동그란 하늘에 드러났다. 해영은 빛 속을 유영하는 흙먼지를 보며 어쩐지 마음이 평온해지는 걸 느꼈다.

소스라치게 놀란 동철은 자신도 모르게 입 밖으로 욕을 내뱉었다. 뒤늦게 상황의 심각성을 깨달은 동철은 눈을 부릅뜨고 뒤돌아보았다.

그때 흉기를 손에 쥔 덕칠이 괴성을 내지르며 등 뒤에서 달려들었다. 강 사장이 반사적으로 움직여 전기충격기로 덕칠을 제압했다. 그리고 질기게 질척거리던 오씨 할멈도 가볍게 밀치며 바닥으로 패대기쳤다.

동철은 아이들을 우물 밖으로 끄집어내 묶여 있던 줄을 살살 풀었다. 멍들고 찢겨진 아이들의 상처투성이 몸을 참담한 눈으로 보던 동철은 과거의 나약한 제 모습이 떠올라 마음이 무거워졌다.

사색이 되어 시퍼렇게 질린 해영의 시선을 따라 동철이 고개를 돌리자, 산돼지가 죽은 염소 한 마리를 안고 서 있었다.

거무튀튀한 입가에 덥수룩하게 자란 수염, 작지만 날카로운 눈매, 상대방을 긴장케 하는 험상궂은 인상에 2미터가 넘는 큰 덩치를 한 산돼지가 등장하자 강 사장도 위압감을 느꼈다.

"어이쿠, 몸이 엄청 크다."

강 사장이 먼저 능글능글 웃으며 가까이 다가가 그가 방심한 틈을 타 전기충격기로 공격했다. 그러나 꿈쩍도 않던 산돼지는 염소를 옆에 내려놓고 강 사장을 가볍게 들어 벽에 집어던졌다.

바닥에 널브러진 강 사장은 신음을 내지르더니 소리쳤다.

"도…… 동철아, 조심해! 이놈 보통 아니다."

무릎을 일으켜 세우며 일어서려는 동철의 팔을 겁먹은 해영이 잡아끌었다. 동철은 어깨를 토닥여 아이들을 안심시키고는 산돼지와 마주 섰다. 그리고 곧바로 무섭게 돌변했다.

동철의 체급도 큰 편에 속했지만 산돼지의 몸집이 워낙 컸던 터라 상대적으로 작아 보였다. 상대를 가늠하듯 어슬렁대던 산돼지가 기괴한 괴성을 내지르며 죽일 듯이 달려들었다.

동시에 쩌억, 하며 살이 찢겨나가는 소리와 함께 커다란 산돼지가 하늘로 날아올랐다. 그러더니 질퍽한 바닥에 고깃덩이처럼 나가떨어졌다.

동철이 휘두른 주먹 한 방에 싱겁게 무너진 산돼지는 맥없이 이마를 맨땅에 처박고 정신을 잃었다. 강 사장도 적잖이 놀란 듯 한동안 할 말을 잃었다가 픽, 헛웃음을 터트렸다.

밧줄로 꽁꽁 묶어 포박한 덕칠이와 산돼지, 오씨 할멈 일가를 짐짝처럼 배에 실어 넣은 다음 동철과 강 사장은 이어서 은별이와 해영이도 배에 오르도록 손을 잡아줬다.

이 소동을 바라보는 마을 주민들의 표정은 하나같이 얄궂었다. 아이들에게 미안함과 죄책감이 들지만 마음 한편으론 섬에 궂은일을 도맡아 하던 이들이 떠나고 나면 앞으로의 불편이 걱정된다는 얼굴들을 하고 있었다.

섬을 뒤로한 채 배는 바다를 건너 뭍으로 향했다. 해영은 살갗에 가볍게 내려앉는 바닷바람이 포근하게 느껴질 만큼 안정을 되찾았다.

점점 멀어지는 섬을 한참 바라보던 해영이 뒤늦게 강 사장에게 물었다.

"근데 저희는 어떻게 찾으셨어요?"

강 사장은 별것 아니라는 투로 대답했다.

"기도했잖아. 네가 송은별 맞지?"

그러자 옆에 있던 은별이가 끼어들며 대답했다.

"저요! 제가 은별이에요. 제가 엄마, 아빠 만나게 해달라고 기도했어요."

"네가 은별이구나. 은별이가 기도를 잘해서 이렇게 연락받고 찾아온 거야."

"그럼 혹시 아저씨가……?"

강 사장은 난처한 듯 두 손을 휘저으며 손사래 쳤다.

"아니, 아니야. 우리는 신은 아니고. 그분은 좀 바쁘셔서 우릴 대신 보내셨어. 그리고 너희 부모님한테는 내가 미리 연락

드려서 지금쯤 항구에 나와 계실 거야."

말이 끝나기 무섭게 은별이가 누군가를 발견하고 소리쳤다.

"엄마!"

부두에 모인 사람들이 보였다. 얼굴을 알아보기 힘들 정도로 먼 거리였지만 은별이는 가족들을 단번에 알아보고 기뻐했다.

동철은 몸이 성한 데 하나 없는 해영의 어깨 위로 자신의 겉옷을 벗어 조심스레 덮어주었다. 겉옷 주머니 안에 있던 휴대폰을 건네주자 해영은 꾸벅 인사하고는 전화를 걸었다.

가족들을 만나 울음을 터트리며 기뻐하는 아이들. 밧줄에 묶인 채 무릎 꿇린 상태로 고개를 바닥에 처박고 있는 덕칠이 일가. 이들을 먼발치에서 지켜보던 강 사장은 후련해하며 차에 올랐다. 동철이도 뒤이어 따라오르며 물었다.

"바로 경찰에 안 넘기고 피해자 가족에게 맡겨도 되는 겁니까?"

"신고를 하든 찢어 죽이든 그건 이제부터 그들의 선택이야. 우린 그 이상은 개입하지 않아. 더군다나 이 일로 경찰서에 들락날락하면서 일일이 설명하는 것도 성가신 일이지."

그 점은 납득된다는 듯 고개를 주억거리던 동철은 또 한 가지 의문이 떠올라 물었다.

"근데 진짜 어떻게 아셨어요?"

"뭘?"

"애들이 여기 있는 거요? 누가 신고한 거예요?"

"아까 말하는 거 못 들었어? 기도 듣고 왔다 했잖아. 이게 우리 회사가 하는 일이야."

"설마, 그럼 진짜로 위에서 알려준다는 거예요? 저…… 위에?"

손가락으로 하늘을 가리키며 되묻는 동철을 보며 강 사장은 설명을 덧붙였다.

"말했잖아. 윗분들은 워낙 바쁘셔서 세상사를 다 돌볼 수가 없다고. 그래서 우리 같은 하청업체에 오더를 내려서 해결해. 업무상 드러내지 않아서 그렇지, 우리 말고도 경쟁업체가 많거든. 그래서 하청업체끼리 네 거다, 내 거다 분쟁도 잦아. 윗분들끼리 정해놓은 관할이 없다 보니 각자 오더를 내리기도 하고. 대한민국 종교는 다양한 데다 독과점 없는 자율경쟁이라."

"그럼 수수료는 누가 지불해요? 저 위에서 가상화폐라도 준다는 거예요?"

"돈 많은 사업가들 중에 나처럼 메시지를 받는 사람들이 비용을 지불해."

동철이 여전히 믿지 못하겠다는 듯 눈가를 찡그리자 강 사장은 장난스레 성을 내는 척했다.

"왜, 안 믿겨? 내가 이 먼 곳까지 내려와서 그 고생을 하고 헛소리나 할 사람으로 보이냐?"

"내 기도는 안 들어주던데요?"

"아무리 전지전능하다고 해도 어떻게 그 많은 인간들의 기도를 다 들어주겠냐. 그리고 어쩌면 너는 스스로 벗어날 힘이 있다고 생각했을지도 모르지만, 쟤들은 누가 봐도 도와줄 사람이 없잖아. 기적이 일어난다면 모를까."

"그런가요?"

"아무튼 수고했어. 그리고 면접은 여기까지야. 취업 축하한다. 내일부터 출근해."

동철은 합격 사실에 기뻐하면서도 한편으론 개운치가 않았다. 그걸 눈치챘는지 강 사장이 눈을 게슴츠레 뜨며 물었다.

"근데 왜 그런 얼굴이지? 주먹 안 쓰는 일이라고 했는데 주먹 쓰는 일이라 일하기 싫어졌어? 그럼 설마 커피 타는 애라도 뽑는 줄 알았냐? 헤비급 챔피언까지 한 애를?"

"그런 건 아니지만⋯⋯."

"근데 뭐가 문제야? 출근하면 근로계약서부터 써. 참고로 이 업계는 직책이 과장부터다."

분분한 생각들로 잠시 고민하던 동철은 문득 입가에 미소가 번지더니 활짝 웃었다. 그리고 넙죽 인사를 하며 우렁찬 목소리로 대답했다.

"감사합니다, 사장님. 열심히 하겠습니다."

기분 좋은 햇볕이 동철의 얼굴에 흩뿌리듯 쏟아지고 바닷바람이 소슬하게 불어들며 나무에 매달린 푸른 잎들이 요란한 소리를 냈다. 동철은 요즘처럼 어려운 시기에 안정적인 일자리가 생겨서 너무나도 기뻐 보였다.

7

벤자민 버튼의 시간은
거꾸로 가지만
나의 시간은 멈췄다

사람들은 애초부터 가진 것은 흔해 빠지고 당연하다 여길 때가 많지만, 그런 당연한 것조차 없이 태어난 이는 그 흔한 걸 얻으려 몸부림치며 살기도 한다. 전통적인 가족 구조는 오래전 해체됐다. 요즘은 단순히 주거와 생계만 공유해도 가족이라고 한다. 사는 게 불안정할수록 가족에게 의지하고, 그럴 때 흔히들 '세상에 믿을 놈 없으니 결국 마지막까지 곁에 남는 건 가족뿐'이라고 위로하는 걸 종종 봐왔다. 물론 아닌 경우도 적지 않지만 대부분은 가족에 대한 애정과 신뢰가 기본적으로 두텁다. 잘못을 해도 무조건 내 편이 되어줄 거라는 근거 없는 믿음을 가질 정도로.

　오늘은 결심공판이 있는 날이다. 이른 아침부터 서둘러 이곳 법정에 나와 앉아 있는 이유는 여기서 내가 해야 할 중요한 역할이 있기 때문이다.

피고 측에 앉은 비쩍 마른 몸에 머리가 허옇게 벗겨진 아저씨는 지금 검사의 구형을 기다리며 초조하게 손톱을 물어뜯고 있다. 나를 처음 본 사람들은 내 나이를 어림짐작 여섯 살 정도로 추정한다. 동정심을 유발하기에 이만큼 적합한 나이는 없다고 믿는다. 이러한 확신을 이 자리에서 퍼트리는 게 나의 일이다. 나는 지금 심금을 울리는 애달픈 감정을 이곳 법정에 살포해야 한다.

"아빠, 얼른 집에 가자."

내가 얼마나 처절하게 눈물을 짜내고 있는지 내 옆에 있던 통통한 아줌마도 따라서 울기 시작했다.

"여보! 우린 어찌 살라고……."

내가 동정심을 자극할수록 구형을 앞둔 검사의 이성은 흔들리고 마음은 물러진다. 하물며 경험이 일천한 초임 검사라면 감정의 진폭은 더욱 커질 것이다. 피고 측이 내 아빠냐고? 전혀 아니다. 실은 오늘 처음 만났다. 물론 옆에 앉은 아줌마 또한 나의 엄마가 아니다.

하지만 순진하게도 감상에 젖은 검사는 소신 없이 구형에 이를 반영했다. 감정에 호소하는 건 어쩌면 막무가내처럼 보일 수도 있겠지만 아직까지도 한국인의 정서에 제법 먹힌다.

나는 이렇게 용돈벌이를 한다. 이건 나의 경제 활동이며, 이

후 의뢰인이 추가비용을 지불하면 반성문 대필까지 맡아 부가 수익을 창출하기도 한다. 많은 양의 반성문은 재판에 반드시 영향을 미치기 때문에 주문이 종종 들어오는 편이다.

배정된 판사는 삼 년 전에도 만난 적이 있다. 하지만 지금 눈앞에서 구슬프게 울고 있는 여섯 살 아이가 삼 년 전에 봤던 그때의 여섯 살 아이라고는 상상조차 못 할 것이다.

앞서 말한 것처럼 사람들은 나를 여섯 살 남자아이로 알겠지만, 사실 내 실제 나이는 열여덟이다.

나는 호르몬이 분비되지 않아 피부와 뼈의 성장이 멈추고 그래서 외관상 늙지 않는 선천적 희귀질병, 하이랜더 증후군을 앓고 있다. 나의 병은 몸이 작은 왜소증과 다르고 정신의 성장이 멈춰버린 피터팬 증후군과도 다르다.

하이랜더 증후군이란 어원은 리플리 증후군처럼 영화에서 따온 거라고 한다. 80년대 하이랜더란 제목으로 개봉한 영화는 영원히 늙지 않는 불멸의 주인공을 다룬 이야기다. 영화 덕분에 하이랜더가 불로불사를 상징하는 고유명사처럼 되었지만 그렇다고 내가 불로불사라는 건 결코 아니다. 나와 같은 사람들의 평균 예상 수명은 30세라고 한다. 물론 예상을 뒤엎고 여든 넘게 산 경우도 엄연히 존재하고, 급작스런 노화가 진행되면서 평균보다 더 일찍 죽는 경우도 있다고 들었다.

사람들은 날 유전적 결함에 의한 돌연변이라고 폄하한다. 그래도 나는 긍정적인 사람이고, 상처도 받지 않는다. 마블 영화의 엑스맨처럼 우월한 존재라 믿기로 했다.

하지만 애석하게도 그건 나만의 정신승리에 지나지 않는다는 것도 안다. 이런 결함을 예상한 부모조차 나를 감당하기 어려워 고작 세 살밖에 안 된 어린 자식을 놀이공원에 버린 걸지도 모른다.

부모의 자의로 버려진 아이들이 으레 그렇듯 나도 그 이후 줄곧 보육원에서 자랐다. 그나마 이곳에서의 생활도 조만간 끝이 난다. 만 열여덟이 되는 내년 2월이면 고등학교 졸업과 동시에 보육원에서도 퇴소하고 그대로 혼자 사회에 내보내질 것이다.

나처럼 보육원 퇴소를 앞둔 친구들은 자립능력은 물론 직면한 문제를 대처하는 능력도 미숙하다. 그런데도 따로 조언해줄 어른이 없다는 막막함과 더는 나를 보호해줄, 내 편이 되어줄 가족이 없다는 것에 극심한 두려움을 갖는다.

작년에 보호 종료된 한 선배는 퇴소하고 일주일 만에 고독사했는데, 죽은 날로부터 무려 6개월이나 지나서야 발견이 됐다고 한다. 난 가족의 의미에 대해 깊이 생각해본 적은 없다. 보육원 아이들과 함께 매일 버스로 통학하면서 내가 남들과 다르다는 걸 알았고, 보육원 아이들과 살면서 이런 게 가족인가, 하는 생각을 잠깐 동안 한 적은 있다. 그러나 커갈수록 그들과도 나는 다르다는 걸 알았다. 그래서 가족에 대한 감정이란 건 애초부터 모르는 거나 마찬가지였다.

가족에 대해 오래 생각할수록 나도 가족이란 게 얼마나 대단한 건지 한번 가져보고 싶어졌다. 고심 끝에 결정을 내렸다.

"나 입양 보내줘."

보육원 식당에 마주 앉아 식판에 가득 담긴 음식을 입으로 욱여넣던 봉팔이 형은 내가 어렵게 고민해서 꺼낸 말을 흘려 듣는 것 같았다.

나보다 열 살이나 많지만 유일한 친구인 봉팔이는, 버려진 아이들이 잠시 머무는 영아 일시보호소의 입양을 담당하는 사회복지사다. 그리고 나와 같은 이곳 보육원 출신이다. 워낙 어릴 적부터 약삭빠르고 수완이 좋았던 그는 스스로를 속물이라 여겼다. 그리고 속물의 습성을 드러내놓고 실천하는 그런 부류였다.

그러니 보다 돈이 되는 직업을 가질 거라 예상했는데 사회복지사라니, 지금의 선택은 다소 의외였다. 사실 법원 아르바이트도 그의 알선 덕분에 하게 된 일이었다. 돈이 되는 일이라면 닥치는 대로 한다는 우리의 기조는 나이를 뛰어넘어 친구가 될 수 있는 유대의 원천이기도 했다.

"나 입양 보내달라니까."

"입양 좋지. 듣기만 해도 설렌다. 나도 그게 소원이었는데.

기왕이면 해외입양으로."

봉팔이는 여전히 내 진심을 이해하지 못하는 것 같았다. 나는 재차 목에 힘을 주어 말했다.

"형 하는 일이 그거잖아. 나 입양 보내줄 수 있잖아."

"넌 안 돼, 임마!"

"왜?"

"글쎄, 너는 안 된다니까. 입양이 그렇게 쉽지가 않아요. 입양을 원하는 사람들 대부분 어린 영아를 원하거든, 그것도 여자아이로. 여섯 살만 돼도 입양이 어려워서 보육원으로 보내지는 마당에 열여덟 살이나 된 늙다리를 누가 데려가겠냐?"

봉팔이는 싱겁게 웃어넘겼다. 나는 진지하게 다시 물었다.

"날 봐. 내가 몇 살로 보여? 지금껏 나를 열여덟로 보는 사람을 본 적이 없는데. 그래서 형도 지금까지 나를 여섯 살로 팔아먹고 있었던 거잖아."

"팔아먹다니, 그 무슨 섭섭한 소리냐?"

내가 진지한 상태라는 걸 간파한 봉팔이는 웃음기를 거두고 입가를 쓱 훔쳤다.

"그래, 열여덟로 보이진 않지. 어쨌든 입양은 여섯 살도 쉽지 않아. 여자아이도 아니잖아."

"입양을 원하지만 조건이 부족해서 못 하는 사람들도 있다며? 그런 사람들은 원하는 입양아 기준을 낮추기도 한다고 전에 형이 말했잖아."

끈질기게 들러붙자 그는 곤란한 상황을 맞닥뜨렸다는 듯 한숨을 내쉬었다.

"좋아, 당장은 어떻게든 여섯 살로 입양된다 치자. 그다음은? 시간이 지나도 넌 여섯 살 그대로일 텐데 그때 가서는 뭐라 설명할 건데?"

"내가 언제 평생 살겠대? 잠깐 동안만 있을 거야. 눈치채기 전에 파양되면 되잖아."

"파양 같은 소리 하고 있네. 밥이나 먹어, 임마!"

그는 헛소리 말라며 얼버무리고 나서 화제를 돌렸다.

"역시 보육원 밥이 맛있다니까. 오랜만에 집밥 먹으니까 너무 좋다."

나는 이렇게나 심각한데 흐지부지 농담처럼 넘기려는 그가 얄밉고 화가 나 빽 소리쳤다.

"뭐가 집밥이냐? 집밥 제대로 먹어본 적도 없으면서!"

악까지 쓰는 게 평소와 영 다르다고 느꼈는지 봉팔도 자세를 고쳐 앉았다. 그리고 진지하게 물었다.

"왜 그렇게까지 하려는 건데?"

나는 울컥했던 감정을 추스르고 바지를 걷어 올려 허연 종아리를 보여주며 말했다.

"이게 뭔지 알아?"

"뭐가? 그러고 보니 다리털이 많네. 근데 이게 왜?"

"일주일 전부터 눈에 띄게 몸이 변하기 시작했어. 2차성징이 시작됐다는 거야."

"그게 왜? 그럼 좋은 거 아니야?"

"내가 전에 말했잖아, 나는 왜소증과 다르다고. 난 호르몬 결핍으로 시간이 멈춰 있는 상태야. 갑자기 다른 사람들처럼 멀쩡하게 시간이 흐르는 경우는 없어. 급격한 노화가 진행되면서 갑자기 죽는 경우는 있어도."

설핏 그의 낯빛이 흔들리는 걸 놓치지 않고 나는 비탄에 찬 눈길로 바라보며 말을 이었다.

"나는 알면 안 되는 거야? 가족이라는 게 뭐 얼마나 대단한 건지 나도 한 번쯤은 가져보는 것도 괜찮잖아. 남들 다 해보는 거 나만 못 해보고 죽는 거, 그거 진짜 억울하잖아."

동정을 구하려 그런 건데 별안간 서러움이 밀려들었다. 주책없이 격해진 감정을 보여주기 싫어 먹던 식판을 배식구에 팽개치듯 내려놓고 밖으로 뛰쳐나갔다.

그로부터 며칠 동안 나는 퇴소를 1년여 앞둔 다른 보육원 동기들과 예정된 자립강의도 듣고 선배들과 멘토링도 해가며 분주한 시간을 보냈다.

성격 급한 친구들은 벌써부터 부동산을 돌며 월세 동향을 살피기도 했다. 보호 종료가 되면 나라에서는 자립정착금으로 500만 원을 준다. 그 정도 큰돈을 만져본 적이 없는 몇몇 친구들은 독립할 생각으로 기대에 부풀어 있지만 나는 알고 있다. 그 돈으론 서울에 단칸방 하나도 얻기가 쉽지 않다는 걸.

다들 정착금을 온전히 주거공간 마련하는 데 사용할 계획일 테지만 나는 그럴 생각이 전혀 없다. 어차피 처음부터 세상에 떠밀려 왔듯, 앞으로도 나는 그저 떠밀려 가듯 살다가 서른 살 무렵에 흔적 없이 사라지는 게 계획이었다.

때때로 아무런 이유 없이 고함을 지르고 싶은 충동을 억누르며 버텨왔지만 요즘 들어 그 증세가 잦아진다. 이대로 가다간 계획대로도 버티기 어려울 것이다. 간혹 힘들다는 것에 기준을 정하려는 사람들이 있는데 그것만큼 어리석은 짓은 없다. 누군가에게 하찮아 보이는 힘듦도 결코 안 힘든 게 아니다.

그날 이후 나는 봉팔이와 연락도 끊은 채 바쁘게 지냈는데, 오늘 아침에 만나자는 연락을 받았다. 시간을 내 그가 일하는 영아 일시보호소를 방문했다.

부모로부터의 학대나 경제적 어려움 등등 다양한 이유로 맡겨진 5세 미만의 아이들은 이곳에 머물다 입양 또는 보육원 같은 아동 양육시설로 옮겨진다. 나 또한 보육원으로 옮겨지기 전 이곳에 머물렀기 때문에 추억이 남아 있는 곳이기도 하다.

나는 갓 태어난 신생아들이 모여 있는 방 앞에 서 있었다.

대부분 미혼모들이 잠시 맡겨두거나 친권을 포기하고 입양을 기다리는 아기들이다. 이곳에 올 때마다 이 안쓰러운 아이들이 금방 새로운 가족을 만나 행복할 수 있기를 마음속으로 빌었다.

잠시 후 일시보호소 상담실 문이 열리고, 뒷걸음으로 나오며 고개를 숙이는 부부가 보였다. 보아하니 입양을 희망하는 부부 같았다. 남자는 살짝 들뜬 얼굴로 현관을 나섰는데 여자는 얼굴이 어두웠다. 입술을 앙다문 채 묵묵히 뒤따르던 여자는 팔짱을 풀며 메마른 목소리로 말했다.

"꼭 이렇게까지 해야 해?"

남자는 잠시 주변 눈치를 살피더니 목소리를 낮추며 속삭였다.

"이게 다 우리 가족의 미래를 위해서야. 남들 다 있는데 우리도 하나 장만해야지."

남자는 여전히 내켜 하지 않는 여자를 능글능글한 웃음으로 살살 달래며 일시보호소를 떠났다. 나는 본의 아니게 창을 통해 그들의 대화를 엿듣게 되었다.

때마침 상담실 문이 반쯤 열리며 고개만 빠끔히 내민 봉팔이가 손짓으로 나를 불렀다.

한참 동안이나 우물쭈물 망설이던 봉팔이는 버석한 턱을 쓰다듬으며 대뜸 내뱉듯이 말했다.

"너 진짜 입양 갈래?"

예상치 못한 말이라 나는 입만 헤 벌리고 대꾸도 못 했다. 퍼뜩 정신을 차리고 나선 숨 쉴 틈도 없이 고개를 끄덕여댔다.

그는 여전히 걱정 가득한 얼굴이지만 어쩔 수 없다는 듯 숨을 깊게 들이쉬더니 입을 열었다.

"입양 희망자들 중에 절대 자격이 안 되는 부부들이 있어. 요즘은 입양심사도 까다롭게 하거든. 아이의 일생이 달렸는데 당연히 심사를 철저히 해야겠지. 경제적인 것부터 다양해서 이것저것 세밀히 따지고 확인하는데 그중엔 간혹 입양 목적이 불순하고 그 의도가 훤히 보이는 사람들이 있어. 그게 뭐냐면……."

그는 또다시 머뭇거리며 답답하게 굴었고 나는 더 못 참고 닦달했다.

"그냥 말해, 뜸 들이지 말고."

"아파트 청약을 목적으로 입양하려는 사람들이 있거든. 자녀가 많으면 당첨 확률이 높아지니까 이런 사람들은 청약이 되고 난 후에 아이를 파양시켜서 돌려보내는 경우가 많아."

그토록 원했던 입양이었다. 잠시라도 상관없으니까, 아무나 괜찮으니까 시켜만 달라고 매달렸던 그 입양이었다. 그렇지만 유쾌한 기분은 들지 않았다. 서글퍼지기까지 했다. 보호받지 못하는 아이들은 그런 식으로도 이용될 수 있다는 냉혹한 현실에 감정이 흔들렸다. 그러나 애써 아무렇지 않은 척 말했다.

"그렇다면 나에겐 더할 나위 없이 잘됐네. 어차피 정체가 드러나기 전에 파양되는 게 목적이었는데. 그렇게 된다면야 나도 미안한 마음 안 들고 서로 좋은 거 아니겠어?"

나에겐 차라리 잘된 것일지도 몰랐다. 입양은 온전히 개인적인 바람이며 욕망일 뿐 누군가에게는 또 다른 상처를 남기는 이기적인 발상임을 모르지 않았다. 그래서 망설이던 중이었다. 하지만 서로가 목적을 가진 경우라면 적어도 도덕적인 감정에서는 가책을 덜어낼 수 있겠다 싶었다. 그렇게 위안하며 쓰린 속을 달랬다.

내가 잠시 감정을 추스르는 사이, 그가 짐짓 단호한 목소리로 말했다.

"그런데 지금처럼은 안 돼. 널 보고 처음엔 여섯 살로 착각하는 건 인정하는데 조금만 지나면 그것도 금방 탄로 날 거야. 법정에서 잠깐 흉내 내는 것하고 같이 사는 건 완전히 달라. 내가 준비할 서류들을 꾸며볼 테니까, 그동안 너는 집에서 어떻게 여섯 살처럼 지낼 건지 연구하고 충분히 연습해."

나는 앞으로 준비할 것들에 대해 생각하느라 머리가 복잡하고 걱정이 앞섰지만 한편으론 알 수 없는 흥분과 기대로 가슴이 벅차올랐다.

"근데 왜 갑자기 마음이 바뀐 거야?"

내가 지나가듯 묻자 그는 멀쩡한 얼굴로 대답했다.

"열여덟 살 먹은 남자아이가 입양을 꿈꾸는 건 절대 불가능한 일이거든. 나도 어릴 적부터 절대 이룰 수 없는 꿈이 있었어. 난 포기했지만 너라도 한번 이뤄보라고."

"꿈? 형은 꿈이 뭐였는데?"

"재벌 2세. 근데 아빠가 없네."

시뻘건 잇몸을 드러내며 웃는 봉팔이를 보자 난 어처구니가 없어서 웃음도 나오지 않았다. 하지만 한편으론 이해도 됐다. 모두가 어렴풋한 꿈을 마음속에 하나씩 품고 살아가듯 보육원 아이들도 동화 속 소공녀처럼 언젠간 돈 많은 부모님이 찾아줄 거라 꿈꾸며 살아왔다.

며칠 후 나는 일시보호소를 다시 찾았다. 모든 상황은 급작스럽게 이루어졌다. 길지 않은 시간이었지만 나름대로 준비를 했다. 도움이 될 만한 어린 시절 기억을 더듬으려 애썼고, 최대한 여섯 살 어린아이처럼 보이게 귀여운 캐릭터가 그려진 아동복을 입었다. 그리고 뽀로로 인형까지 사왔다. 보란 듯이 나의 노력을 보여줬지만 봉팔이는 마음에 들지 않는다는 듯 고개를 가로저었다.

"그거 저리 치워. 여섯 살 남자아이들은 뽀로로 안 좋아해. 이런 걸 좋아하지."

그가 부러 면박을 주며 변신 공룡 로봇을 던져줬다. 나는 애써 준비해온 뽀로로 인형을 슬그머니 내려놓았다.

오늘은 시설 아이들에게 스튜디오 사진 촬영을 해주는 기부 행사가 있다고 했다. 다들 외부로 나가 시설은 텅 비어 있었다. 나를 놀이방으로 데려온 봉팔이 턱짓으로 장난감 수납 상자를 가리켰다.

"한번 놀아봐."

나는 당혹스럽고 쑥스러웠지만 주춤주춤 장난감 상자에서 아무거나 꺼내 적당히 흉내를 냈다. 그러자 그가 혀를 끌끌 차며 한심하다는 듯 고개를 흔들어댔다.

"갈 길이 멀다. 생각 같은 거 하지 말고 일단은 장난감을 전부 바닥에 쏟아."

"쏘, 쏟으라고?"

우선 시키는 대로 장난감을 모두 바닥에 쏟아 놓고 다음은 어떤 식으로 갖고 놀아야 할지 궁리하며 눈치를 살폈다. 그러자 그가 다시 말을 이었다.

"그럼 이제 여기서 책을 하나 꺼내서 봐."

"어? 장난감 쏟으라며?"

"그냥 봐. 원래 여섯 살 남자애들은 그래."

도무지 이해할 수 없었지만 어쨌든 시키는 대로 책을 하나 집어 들고 읽어 내려갔다. 그러자 그가 또 핀잔을 주며 소리쳤다.

"이 양반아, 그걸 진짜 읽고 있냐? 여섯 살은 아직 한글 못 읽어. 그냥 그림 많은 거 봐. 공룡책 이런 거. 아 참, 그리고 공룡 이름은 많이 외워둬. 그건 애들이 우리보다 더 많이 알아."

나는 받아든 공룡 도감을 펼쳐서 쭉 훑어봤다.

"어…… 트리케라톱스, 브라키오사우르스, 유오플로케팔루……스? 너무 어려운데."

"그렇게 오 분 정도 집중해서 보다가, 이제 여기 장난감 갖고 놀아. 그리고 오 분 있다가 또 다른 거 하고. 아무튼 한 가지에 너무 오래 집중하지 말고 계속 흥미를 잃으라고."

나는 혼란스러움에 어지럼증이 일었고 그는 쉴 새 없이 말을 쏟아냈다.

"옷도 한 번씩 반대로 입고, 단추도 밀려서 채우고, 신발도 왼쪽 오른쪽 바꿔 신기도 해. 신발 벗을 때는 가지런히 놓지 말고, 양말은 뒤집어서 벗고, 옷도 사방팔방에 나눠서 벗어놔."

"그건 어렵지 않아. 나는 지금도 그러거든."

"냉장고 문도 수시로 열고 닫아. 먹을 만한 게 없어도 그냥 한 번씩 열고 닫는 걸 반복해서 해. 마치 금고에 내 돈이 잘 있나 확인하듯. 그리고 소파나 침대 보면 하여간 올라가서 방방 뛰어. 남의 집에 가도 눈치 보지 말고 방방 뛰어, 미친 원숭이처럼. 감정 기복도 들쑥날쑥하면 좋아. 기분 좋았다가, 갑자기 토라졌다가, 울었다가, 막 종잡을 수 없어."

"그건 좀 이상하잖아?"

나는 눈을 가느다랗게 치켜뜬 채 의심을 내비쳤고, 봉팔이도 다소 흥분한 탓에 과장이 심했다 느꼈는지 고개를 끄덕거렸다.

"그래, 좀 너무 갔지? 그래도 숙지는 해둬. 한꺼번에 이걸 전부 충실히 하면 안 되겠지만 그래도 주기적으로 하나씩 터트려 주는 것도 그 나이 또래의 아이다운 행동이니까."

아이다운 행동이란 말이 마음에 들었다. 내가 그동안 애들을 그다지 좋아하지 않았던 이유는 이런 것들 때문이었다. 이해할 수 없는 행동과 분별력 없는 모습들을 있는 그대로 받아들일 수 없었다. 하지만 생각해보면 나 또한 그 나이엔 그랬던 것 같고, 그래서인지 조금은 이해할 수도 있겠구나 싶었다. 그런 생각으로 고개를 주억거리는데, 그가 덧붙이듯 말했다.

"그리고 똥 얘기 좋아해. 똥 얘기 들으면 자지러지게 웃고 뒤집어지는 것도 매우 좋아."

아니다. 역시 100% 이해는 불가능할 것 같다. 그의 말에 나는 길게 한숨을 내뿜으며 미간을 찌푸렸다. 아직 머리로는 납득이 불가능했다. 잠시 교만했다는 걸, 시간이 더 필요하다는 걸 인정했다.

그 뒤로도 우리의 연구는 체계적이고 상세하게 이뤄졌다. 파고들수록 알 수 없는 세계지만 점차 행동을 이해하고 닮아갈 수 있었다. 무엇보다 내 생각과 달리 아이들의 사회성은 뛰어나며, 그다지 단순하지 않다는 것도 깨달았다.

여섯 살이면 이름 정도는 쓰기 시작하고, 두세 살 어린 동생들을 아기라고 생각해 소중하게 돌볼 수 있으며, 날짜와 요일을 말할 수 있고, 보조바퀴가 달린 자전거를 탈 수 있다. 대소 근육의 발달로 젓가락질이 가능해지고, 과장된 언어를 구사할 수도 있다.

이렇게 세밀하고 소소한 것들까지 지속적으로 공부하며 여섯 살을 몸에 익혔다.

또한 다리와 겨드랑이 그리고 중요 부위에서 자라기 시작한 잔털들을 제거하기 위한 셀프왁싱과 피부 관리도 게을리하지 않았다. 외형적인 모습도 꼼꼼하게 보완해 나갔다. 그럼에도 불구하고 정확히 설명할 순 없지만 부족한 무언가가 늘 따라다녔다.

봉팔이도 나와 비슷한 생각을 하고 있었던지 고개를 갸웃거리며 입을 열었다.

"제법 여섯 살 같아 보이긴 한데…… 그래도 뭔가 빠진 것 같은 이 찜찜한 기분은 왜지?"

나 역시 결정적인 뭔가가 부족하다는 느낌이 계속 남아 고민이었다. 이유를 찾아보려고 생각을 거듭했지만 알지 못한 채 시간만 흘렀다.

"말투가 아직 어색해서 그런가? 좀 더 혀 짧은 소리를 연습하면 나아지려나?"

내가 고개를 갸웃하며 묻자 그는 곰곰이 생각하듯 뺨을 쓰다듬으며 말했다.

"말투 때문만은 아닌 것 같아. 뭐랄까, 혀 짧은 소리가 너무 정확하게 귀에 박힌단 말이지."

다음 날까지 밤새 뒤척이며 고민한 끝에 봉팔의 말에 일리가 있다고 결론지었다. 말투를 흉내 내는 게 여실해 보이는 게 맞았다. 겉으로 여섯 살처럼 꾸미려 최선을 다했지만 일말의 의심조차 지워버릴 결정적인 뭔가가 필요하다는 걸 절감했다.

그래서 난 이 두 가지를 단번에 충족시킬 만한 한 가지 묘안을 실행하기로 결심했다. 나는 곧장 가까운 치과로 달려가 앞니 두 개를 과감하게 뽑아버렸다. 매우 단순하고 극단적인 방법이었지만 예상보다 효과적이었다. 덕분에 그간의 불안한 심정을 비로소 떨쳐낼 수 있었다. 거울에 비춰진 모습은 누가 봐도 앞니 빠진 여섯 살 아이의 모습이었고, 무엇보다 발음까지 새면서 말투 또한 어색하지 않게 자연스러워졌다.

내가 앞니까지 뽑고 나타나자 봉팔이는 진저리치며 욕을 한 바가지 퍼부었다. 그래도 속으론 흡족해하고 있는 걸 안다. 그는 내게 주택청약을 원하는 수많은 고객들에게도 수수료를 받아 아예 작정하고 사업을 해보자는 제안을 넌지시 건네며 변치 않는 속물근성을 드러내기도 했다.

시간은 넉넉하지 않았다. 길지 않은 시간이었지만 봉팔이의 남다른 수완으로 위조된 신분과 서류 등의 모든 절차가 마무리되어 갔다. 이제는 얼추 가족을 만날 준비가 되었다는 걸 실감했다.

어린 시절, 차 뒷좌석에 앉아 놀이공원에서 경찰서로, 경찰서에서 일시보호소로 그리고 보육원으로 시설을 옮길 때마다 마주쳤던 창밖의 풍경을 기억한다. 그때나 지금이나 흘러가는 풍경은 같았고, 날씨는 무척이나 쾌청했다.

나는 지금 커다란 공룡 인형을 품에 안은 채 새로운 부모가 운전하는 승용차 뒷좌석에 앉아 있다. 그들은 지난번 일시보호소 앞에서 잠깐 스쳐간 적 있던 바로 그 부부였다. 이제부터 나는 이들을 엄마 아빠라 부르기로 했다.

운전 중인 아빠는 가는 내내 사람 좋은 미소를 꾸미며 내게 수시로 말을 걸어주었다. 반면에 엄마는 딱딱한 얼굴로 오직 정면만 응시한 채 나와는 눈도 마주치지 않았다.

집에는 이미 아홉 살, 열두 살이 된 여동생, 아니 누나들이 있다고 했다. 난 오히려 엄마 아빠보다 그들에게 들키지 않고 무사히 지나가는 게 더 어려울 수도 있겠다고 생각했다. 점점 집에 가까워질수록 기대와 불안이 번갈아 밀려왔다.

느슨한 경사지에 위태롭게 솟아 있는 한 동짜리 오래된 연립 빌라 앞에 차가 멈춰 섰다.

차에서 내린 나는 불길한 기운을 내뿜는 빌라를 올려다보며, 문득 이런 생각을 했다. 부모님이 새집으로 이사 갈 수 있도록 내가 반드시 도움을 드리겠다고.

왜 그런 사명감에 가까운 생각이 들었는지는 모르겠다.

주위에는 고층 건물이 없어 청명한 햇살이 빌라 위로 고스란히 쏟아지고 있었다. 옆엔 적당히 살풍경한 공원도 붙어 있어 풀냄새가 바람살에 간들거리며 콧구멍으로 흘러들었다. 아빠는 낡고 오래된 집으로 나를 데려온 사실을 괜스레 겸연쩍어하는 듯 보였다. 여전히 시큰둥해 보이는 엄마가 감정 없는 목소리로 아빠에게 말했다.

"아직 애들도 학교에서 안 왔을 테니까, 당신이 같이 목욕탕에나 다녀와."

"그럴까?"

아빠도 어색해하긴 마찬가지였지만 무테안경 너머 눈가에는 은은한 웃음기가 걸려 있었다.

엄마는 무뚝뚝한 얼굴을 하곤 눈길조차 주지 않은 채 타박타박 걸어 반대쪽으로 향했다. 엄마는 차가웠지만 그래도 내가 어릴 적부터 상상해왔던 엄마의 모습과 가장 흡사해서 무척이나 마음에 들었다.

처음으로 아빠의 손을 잡고 동네 대중목욕탕을 찾았다. 평일 오후, 탈의실까지 곰팡내가 묻어 있는 오래된 목욕탕에 손님이라곤 우리 둘뿐이었다.

나보다 긴장한 듯한 아빠는 어색한 표정을 숨기진 못했지만 내게 끊임없이 말을 걸었다. 신발장에 신발을 정리하는 것부터 번호가 적힌 옷장에 옷을 넣는 사소한 것들까지 일일이 설명했다.

탈의실에서 발가벗은 우리는 잠시 멀뚱히 서 있었다. 아빠는 나의 벗은 몸을 빤히 보며 슬쩍 이상하다는 표정을 지었다. 나는 애써 태연한 척했지만 등줄기에선 식은땀이 흘렀다. 아빠가 서먹한 얼굴로 웃으며 말했다.

"손님이 우리밖에 없네. 대중목욕탕 와봤니? 나도 이렇게는 처음이야."

대중목욕탕이 처음은 아니지만 어릴 적 보육원에서 단체로 와본 것을 제외하면 이렇게 어른 남자와 단둘이는 나 역시 처음이다. 아빠는 뜬금없이 실소를 터트리며 말했다.

"아들이랑 대중목욕탕 오는 게 소원이었는데. 식구들이랑 목욕탕 오면 누나들은 엄마랑 가고 나만 혼자 들어왔거든. 덕분에 아빠가 오늘 소원 풀었다."

푸근한 웃음을 짓던 아빠는 돌연 표정이 굳어지며 내 눈치를 살폈다.

"아, 내가 너무 빨리 아빠라고 했나? 괜찮지?"

아무렇지 않은 척했지만 나 또한 적잖이 놀라긴 했다. 무엇보다 가슴이 뭉클해지며 묘한 기분이 들어 이상했다.

변두리의 작은 목욕탕인데 어지간한 건 모두 갖추고 있었다. 습식사우나에서 건식사우나로 냉탕과 온탕을 오가며 아빠와 나는 아무도 없는 이곳을 마치 전세라도 낸 것처럼 구석구석 휘젓고 다녔다. 아빠는 나에게 이곳의 모든 것을 체험시켜주겠다는 듯 부담스럽도록 열정을 다해 나를 끌고 다녔다. 무엇보다 본인이 가장 신이 나 보였던 탓에 나도 적당히 장단을 맞추며 때때로 신기해하는 표정을 지어 보였다. 그러는 사이 부쩍 가까워져 아빠는 나를 세워두고 때를 밀어주기까지 했다.

처음엔 생각처럼 받아들이기가 쉽지 않았지만, 불편함을 견뎌내자 거짓말처럼 편안해졌다. 그간의 노력이 결실을 맺듯 그럭저럭 적응해 나갈 수 있었다. 아빠는 나보고 가만히 서 있으라고 한 다음 물기를 닦아주고 머리도 말려주고 로션도 꼼꼼하게 발라주고 옷도 입혀주었다. 내가 보호받고 있다는 기분이 썩 나쁘지만은 않았다.

마지막으로 아빠가 바나나우유를 사들고 득의양양한 표정으로 다가왔다. 아빠는 아들과 평상에 나란히 앉아 바나나우

유에 빨대를 꽂아 마시는 것을 목욕 의식의 마무리처럼 생각하는 것 같았다.

아빠는 진중한 편은 아니어도 좋은 사람인 건 분명해 보였다. 불순한 목적을 갖고 시작했지만 적어도 함께 사는 동안만큼은 내게 잘해주겠다고 마음먹은 듯했다.

어느덧 어스름이 깔리는 시간. 날씨가 제법 쌀쌀해지며 맑았던 하늘에 먹구름이 몰려들었다. 우린 서둘러 집으로 향했고, 집이 가까워질수록 다시금 초조한 마음에 심장이 쿵쾅거렸다.

드디어 현관을 열고 집 안으로 들어서자, 미리 나와 있던 누나들이 어색하게 나를 맞이했다. 걱정했던 것보다 거북하지 않았다.

실내는 볕이 들지 않은 탓인지 날씨가 흐린 탓인지는 알 수 없지만 무척이나 어두침침했다.

예상보다 집이 좁았다. 적지 않은 식구들이 살다 보니 집은 빈틈없이 들어찬 세간살이로 숨이 꽉 막힐 듯 답답했다. 한구석에는 아직 정리하지 않은 짐들로 보이는 박스나 엉성한 보자기 뭉치들이 쌓여 있었다.

새로운 가족들과 간단한 상견례가 끝나자 잠깐 동안 어색한 침묵이 흘렀다. 짧지만 너무나 길게 느껴지는 시간이었다.

큰누나가 먼저 내 손을 끌고 집을 안내했다. 안내라 할 것도 없이 작은 집이지만 성실히 임무를 수행하듯 집 소개를 이어갔다.

뜬금없지만 부모님이 어린 누나들에게 나의 존재를 어떻게 설명하고 이해시켰을지 궁금했다. 어른들은 그렇다 쳐도 아직 어린 나이의 누나들은 훗날 혼란을 겪을 거란 생각에 괜한 걱정이 들었다.

집은 작아도 방이 세 개나 되었다. 안방은 부모님이, 작은방은 누나들이 사용하고 주방 옆에 붙어 있는 작은 골방이 앞으로 내 방이라고 했다.

처음으로 가져본 내방은 직사각형의 아담한 크기로 나쁘지 않았다. 이 집은 북향인 탓에 전반적으로 해가 잘 들지 않는 편이지만 오히려 내 방만큼은 작아도 넓은 창이 있어 희미한 볕이 흘러들었다.

엄마는 주방을 벗어날 틈 없이 저녁 식사 준비를 서두르느라 여념이 없어 보였다. 불 앞에 서서 조리에 열중하는 엄마의 발그스름해진 얼굴은 유달리 빛나 보였다.

얼마 지나지 않아 단출하지만 정갈한 진짜 집밥이 차려졌고, 내게는 모든 것이 처음이며 낯선 경험이었다. 식판에 밥과 국, 반찬까지 한꺼번에 담아 먹지 않아도 되는 밥상. 밥그릇과 국그릇이 따로 있고 여러 반찬이 놓인 밥상을 사이에 두고 마주 앉았다. 이런 흔한 밥상을 태어나 처음 맞이했다는 사실이 새삼 떠올라 별안간 말갛게 눈물이 맺혔다.

미역국이었다. 아빠가 자못 그윽한 음성으로 정확한 생일날을 기억 못 한다는 내 얘기를 듣고 특별히 오늘을 기념해 준비한 거라고 했다. 가족들과 한자리에 둘러앉게 되자 누나들을 자세히 볼 수 있었는데 엄마와 매우 닮아 몹시 예쁘장하다는 사실을 알게 되었다. 또 부부는 닮는다고 하더니 엄마와 아빠도 어딘가 닮아 있었다. 나를 빼고 모두가 닮아 있다는 생각이 들자 문득 내가 이방인이라는 사실을 상기시켜주는 것 같았다.

언뜻 맞은편에 앉은 엄마의 시선이 느껴졌다. 엄마는 등을 꼿꼿하게 펴고 앉아 가지런한 눈썹을 아래로 늘어뜨리며 처음으로 나를 내려다보고 있었다. 엄마의 냉랭한 표정은 읽을 수 없지만 발갛고 청결한 얼굴은 너무 예뻤고 사소한 몸짓에도 기품이 있었다.

캄캄한 밤이 되자 사나운 비가 쏟아지기 시작했다. 시커먼 발코니 창엔 빗물이 물길을 만들며 흘러내렸다. 무섭도록 퍼붓는 폭우로 위태위태한 바깥과 달리 이곳은 너무나도 평화롭고 따스했다.

밤이 깊어지자 내 방에 이부자리가 펼쳐졌다. 형광등 불빛이 희멀겋게 밝히는 방 한쪽엔 누나들의 손때가 묻은 장난감과 옷가지들 그리고 인형 몇 개가 있었다. 그나마 누나들이 사용하던 것 중에 남자아이와 공유할 만한 것들로만 추려놓은 것들일 테다.

대부분 사용감이 있는 낡은 물건들이지만 침구 세트만은 나를 위해 새로 장만했는지 한눈에 보기에도 깨끗하고 포근해 보였다. 귀여운 강아지 그림이 새겨진 잠옷으로 갈아입은 나는 바닥에 깔린 말끔하고 폭신폭신한 이불로 들어갔다. 보육원에서부터 챙겨온 공룡 인형을 끌어안고 가만히 누웠다.

내가 잠자리에 누운 걸 확인하고 아빠가 불을 끄고 나가자 온종일 팽팽하게 당겨진 활시위를 내려놓듯 긴장의 끈이 풀어졌다. 아까보단 잦아들었지만 여전히 창밖으로 빗방울 떨어지는 소리가 기분 좋게 귀를 감쌌다. 나는 숨을 죽이고 어둠이 깊어지기만을 기다렸다.

시계가 자정을 넘기자 공룡 인형을 품에 안고 살금살금 화장실로 들어갔다. 그때까지 자지 않고 나는 모두가 잠들기만 기다렸다. 소리가 나지 않게 조심하며 공룡 인형의 지퍼를 열었다. 그 안으로 손을 집어넣어 미리 준비해둔 왁싱키트를 꺼냈다.

앞으로 셀프왁싱은 밤마다 해야 할 일이므로 익숙해져야만 했다. 다행히 아직은 털이 많은 편이 아니었고 여기 오기 직전에도 한차례 제거했지만 방심하는 순간 금세 푸르스름하게 올라올 게 분명했다.

우선 왁스를 전자레인지에 살짝 녹이라고 설명서에 나와 있지만, 그 방법은 지금 상황에선 불가능했다. 난 세면대에 뜨거운 물을 소리 나지 않도록 살짝 열었다. 졸졸졸 물이 흘러내렸고 물의 온도가 적당해지길 기다리는 동안 몸 구석구석 잔털들을 체크해나갔다.

꼼꼼히 살피던 나는 소스라치게 놀라 하마터면 소릴 지를 뻔해 입을 틀어막았다. 엉거주춤한 기마 자세로 허리를 깊게 구부리고 내려다보니 가랑이 사이 아래쪽에 기다란 털이 한 가닥 보였다. 대충 봐도 하루이틀 사이에 생긴 것 같진 않아 보였다. 왜 그동안 이걸 발견 못 했는지 의아했다. 여하튼 놀란 가슴을 진정시키고 뜨거운 물로 채워진 세면대에 왁스부터 담가 두었다.

그리고 한 가닥 튀어나온 털을 향해 핀셋을 뻗었다. 자세가 불편한 탓에 쉽지가 않았는데 몇 차례 시도를 거듭한 끝에야 겨우 잡아 뽑을 수 있었다. 벌써부터 힘이 들어 땀이 줄줄 흘렀다. 앞으로 매일 밤 이 짓을 해야 한다고 생각하니 눈앞이 캄캄했다.

어느 정도 시간이 지나자 굳어 있던 왁스가 따뜻한 물에 녹으며 젤처럼 흐물흐물해졌다. 난 스패츌러라는 넓적한 나무막대로 왁스를 크게 떠서 다리에 올리고 쓸어 올리듯 골고루 발라주었다. 그리고 그 위에 무슬린 천을 붙여 왁스와 천이 완전히 굳기를 기다렸다.

시간을 죽이며 이런저런 생각으로 시간을 보내고 있던 그 때였다.

문밖에서 기척이 들렸고 곧이어 잠긴 문고리가 움직였다.

"안에 누구니? 그 안에서 뭐 해?"

엄마 목소리였다. 나는 몸이 얼어붙어 꼼짝을 할 수 없었다.

"무슨 일이야?"

곧이어 아빠의 목소리까지 들려왔고 뒤이어 잠에서 깬 누나들의 소리도 들렸다.

거칠게 두드리며 문을 열라고 성화인 아빠의 목소리에 나는 순간 패닉에 빠져버렸다. 이대로 탄로 날 수도 있다고 생각하자 침이 마르고 혀가 입천장에 달라붙어 입에서 단내가 날 지경이었다.

"여보, 가서 뾰족한 거 좀 가져와."

뾰족한 꼬챙이를 손잡이 구멍에 찔러 넣어 문을 열 셈인 것 같았다. 나는 마음이 조급해졌다. 뭘 해야 할지 몰라 허둥댔고 어디서부터 시작해야 하나 갈피를 못 잡았으며 초조해진 나머지 눈앞이 흐릿해졌다.

나는 겨우 정신을 차리고 주변 상황을 확인했다. 왁싱키트와 너저분하게 널려 있는 잡다한 것들을 한데 모아 공룡 인형 안에 쑤셔 넣었다. 그리고 양쪽 다리에 테이핑하듯 발라놓은 무슬린 천을 잡아 뜯었다. 생살을 뜯어내는 듯한 고통에 입이 확 벌어졌다. 터져 나올 것 같은 처절한 비명을 꾸역꾸역 목구멍으로 집어삼켰다.

"무, 무슨 일이니?"

그러는 동안에도 계속 문고리를 덜컥대던 아빠는 화장실 안에서 심상치 않은 일이 벌어졌다고 생각했는지 서두르는 소리가 들려왔다. 다리에 발라둔 왁스는 이미 굳어 있었고 마음의 준비도 없이 잡아뗀 탓에 그 고통은 이루 말할 수가 없었다. 더구나 아직 반대쪽 다리도 남아 있었다.

호흡을 가다듬고 침착하려고 했으나 문고리에 꼬챙이 찌르는 소리가 들리자 다급해진 나머지 생각할 겨를 없이 거칠게 잡아 뜯었다. 눈물이 쏟아질 것 같았지만 그럴 여유도 없었다. 떼낸 천을 닥치는 대로 공룡 인형 속에 욱여넣고 뒤처리를 서둘렀다.

정리를 마치고 이리저리 화장실을 살펴보는데 변기 바닥에 왁스가 묻은 스패츌러가 떨어져 있는 것을 발견했고, 그와 동시에 닫혀 있던 화장실 문이 활짝 열렸다. 하얗게 질려버린 나는 문 쪽을 등진 채로 잽싸게 변기 앞에 주저앉아 스패츌러를 안 보이게 손에 움켜쥐었다.

"여기서 뭐 해? 왜 그러고 있어?"

아빠가 걱정스런 목소리로 물었지만 변명거리가 도통 떠오르지 않았다. 계속되는 추궁에 난감하기만 했다. 이대로 머뭇거리면 모든 것이 탄로 날 게 불 보듯 뻔했다. 나는 이 위기를 벗어나기 위해 결정을 내려야만 했다. 생각하자. 생각하자. 갑자기 어떤 생각 하나가 머리를 스쳐 지나갔다. 기지를 발휘할 수 있을 것 같았다.

나는 쪼그려 앉은 다리를 펴고 일어서서 등 돌린 그대로 잠옷 바지에 살며시 오줌을 쌌다. 자다가 지려 몰래 수습하려던 것처럼 보이기 위해서는 바지만 살짝 적실 정도로 조금만 싸야 했다.

순간적인 임기응변은 효과가 있었다. 돌연히 숙연해진 아빠는 오히려 내 눈치를 살피며 괜찮다고 보듬어주었다.

몸을 씻고 옷을 갈아입은 나는 방으로 돌아와 이불 속에 누웠다. 아무 일 없이 무사히 넘어가 다행이었다. 바지에 오줌을 쌌으니 내일이라도 당장 몇 대 맞고 혼날 수는 있겠지만 그래도 들키는 것보단 차라리 낫다. 피곤한 하루다. 심란하지만 여하튼 자고 일어나 생각해야지 싶었다.

허나 긴장했던 탓인지 아무리 애를 써도 도무지 잠이 오지 않았다. 이때 조용히 문이 열리며 불 꺼진 방에 누군가 들어왔다. 어두워서 형체가 희미했지만 그건 분명 엄마였다.

엄마는 문 앞에 멀뚱히 서서 한참 동안이나 나를 내려다봤다.

나는 겁에 질린 채 가만히 숨죽이고 있었다. 슬그머니 얼굴 가까이 다가와 나를 빤히 보던 엄마는 내 옆에 말없이 누웠다. 그리고 잠 못 이루는 내 가슴을 가볍게 토닥여주기 시작했다.

사뭇 이해할 수 없는 감정들이 몰려들었다. 난 혼란스러웠고 처음 느껴본 괴상한 기분에 난처하기까지 했다. 어두컴컴한 방 안에 들리지도 않을 엄마의 혼잣말 같은 나직한 소리가 흘러나왔다.

"미안해……."

나의 감정은 이상하리만치 묘했지만 더할 나위 없이 평화롭고 포근했다. 무엇보다 엄마에게서 나는 은은한 비누 냄새가 너무 좋았다. 나는 떠올렸다. 입양 오길 잘했다고. 그리고 나의 시간이 여기서 영원히 멈추길 간절히 빌었다.